AWN

La sonrisa vertical

Colección de erótica creada
por Luis G. Berlanga

Libros de Abilio Estévez
en Tusquets Editores

LA SONRISA VERTICAL

El año del calipso

ANDANZAS

Tuyo es el reino
El horizonte y otros regresos
Los palacios distantes
Inventario secreto de La Habana
El navegante dormido
El bailarín ruso de Montecarlo

MARGINALES

Manual de tentaciones
Ceremonias para actores desesperados

FÁBULA

Tuyo es el reino

Abilio Estévez

El año del calipso

TUSQUETS
EDITORES

1.ª edición: abril de 2012

Diseño de la colección: Clotet-Tusquets
Diseño de la cubierta: BMG
Reservados todos los derechos de esta edición para
Tusquets Editores, S.A. - Cesare Cantù, 8 - 08023 Barcelona
www.tusquetseditores.com
ISBN: 978-84-8383-404-6
Depósito legal: B. 7.252-2012
Fotocomposición: Moelmo, S. C. P.
Impresión: Reinbook Imprès, S. L.
Encuadernación: Reinbook
Impreso en España

El año del calipso

Más allá de la pena y la inocencia
deja caer esa camisa blanca,
mírame, ven, ¿qué mejor manta
para tu desnudez, que yo, desnudo?

John Donne, «Antes de acostarse»
(versión de Octavio Paz)

La época, los lugares y las situaciones de este libro son reales. Sólo los personajes —o su apariencia— son imaginarios. Cualquier semejanza con personajes de la vida real es parcial y, por lo mismo, imposible de establecer.

1

Se acepte o no, todos tenemos un jardinero en nuestras vidas. Es lo habitual. Y no es extraño que ese jardinero aparezca para alterar radicalmente el curso de nuestro destino. Una autoridad semejante sobre la vida y sus designios es consustancial al espíritu de los jardineros. La aparición del mío, de mi jardinero, fue casi una alucinación en medio de un mediodía diferente. Un mediodía en que la brisa subía desde el lado del Obelisco con un lejano olor a tierra y a lluvia, y formaba remolinos de hojas, ruido de ramas y gorriones, eso que siempre, a aquella hora, parecía ilusorio en Marianao. El barrio se retiró dispuesto a ceder, a adormilarse, o cuando menos a esconderse de la luz y a disfrutar de una tregua en medio del bochorno. Las calles se apaciguaron. Las ventanas abiertas parecían cerradas. Las cortinas se agitaron levemente, y también las prendas de ropa en las tendederas. La canícula dejó de pesar como un saco de piedras sobre el cuerpo. Aquel respiro tenía también que ver con la modorra del almuerzo, acompañada por los novelones radiales que sólo podían escucharse con los ojos cerrados y las entendederas entumecidas por un sopor que lo empapaba todo. La calma quedó flotando sobre el vapor de la neblina y se mezcló con las vocalizaciones declamatorias y lloriconas de los actores radiales. Susurro de ventiladores, olores de comidas recientes, voces afectadas que parecían llegar de otra realidad. El fresco trajo alivio a los castigos divinos. Un mediodía diferente, sí, al menos con una nueva esperanza, la lluvia. Como siempre que eso sucedía, me creí más libre. Casi podía ver la brisa subiendo desde el Obelisco e incluso desde más allá, desde las colinas, se deslizaba en dirección al monte Barreto y pasaba por el mar, hacia el horizonte. Ni siquiera se escuchaban los habituales disparos del campo de tiro del cuartel. Deambulé por el patio. Me sentí dichoso por la soledad, sin buscar, sin desear, sin esperar nada. El patio se volvió inmenso, casi una quinta, y me dio placer andar por entre los arriates, los árboles, las flores, las matas raras, donde se pudrían los mangos, de tan abundantes, y picoteaban gallinas, algún gallo; había también tres chivos, varios gatos, muchos perros mansos. Hasta se veía bonita la fuente seca que aún mostraba la marca remota del agua que había brotado de ella cincuenta años atrás, cuando La Habana se hallaba mucho más lejos de la casa y a Marianao sólo se llegaba en tren o en guaguas de palo tiradas por caballos. Me acerqué al pozo ciego cubierto de piscualas. Un poco más allá, se alzaba la cerca que limitaba el patio con el del vecino, llamado el Generalísimo. Le decían así porque era enanito y feo y mala persona, y tenía la voz ridícula y se apellidaba Franco. Daba clases de esgrima a los cadetes y oficiales del ejército y, según contaban los criados de la casa, era tan cursi que llevaba siempre una bata azul de satén sobre su cuerpecito desnudo. De joven, el Generalísimo había sido viceministro de Defensa en una presidencia conservadora. Tenía fama, dinero y la casa más opulenta, el jardín más grande del barrio, chofer, cinco sirvientes (todos hombres jóvenes) y un jardinero.

Satisfecho con la soledad, la pereza y la proximidad de la lluvia, me eché boca abajo sobre la hierba. Cerré los ojos, recordé unos versos de mi libro de lectura:

¡Cuán grato vivir en calma
consigo mismo, sin penas
que gemir,
y en su mundo absorta el alma,
el curso del tiempo apenas
percibir!

Yo no quería dormir: quería soñar. Dos noches antes, en el cine del campamento, había visto *El la-*

13

drón de Bagdad, y la imagen de Sabu, prieto y vestido con taparrabo, volando en una alfombra mágica, me provocó una sensación desconocida. La sensación regresó cuando, esa tarde, cerré los ojos. Apareció el indio sobre la alfombra. Subí a la alfombra, lo acompañé. Nos perdimos sobrevolando bosques y edificios. Nos bañamos en un río caudaloso. Nos sentamos a horcajadas sobre un elefante. Como el tío Mirén en su Ford Thunderbird, Sabu, en el elefante, me protegió con sus brazos delgados y nudosos. (Aún hoy me gusta repetir que mi vida comenzó, tal vez como todas, del mismo modo en que iba a terminar: con una sucesión de abrazos imaginarios.) En el instante en que Sabu me abrazó, sucedió que el cuerpo pequeño, lampiño del indio, despidió un fuerte olor a sudor. El olor me aturdió más que el resuello de Sabu sobre mi nuca o que el roce de sus brazos de indio. Olor real, fuerte, perturbador. Olor nuevo. Sobre el elefante, eché la cabeza hacia atrás, la recosté sobre el pecho de Sabu. Cerré los ojos. Los cerré doblemente, en la realidad y en la fantasía. Tanto en aquélla como en ésta, sólo quise oler. Ningún otro sentido debía alterar el olfato. Hablo de un sudor singular, difícil de describir. Un olor intenso y podría decirse que satisfecho. Tenía que ver con el hombre y sus secreciones, aunque no con el hombre en general, con cualquier hombre, sino con cierto hombre, con cierta juventud y anatomía, con ciertos músculos y cierto ímpetu y cierta avidez. Tenía que ver con la tierra, con las yerbas, con las frutas, con la manigua, con el sol y hasta con la luna, con la humedad, con un tipo de vida, con un modo de entender y vivir la vida. El sudor de un hombre limpio. Puede que entonces yo no estuviera capacitado para comprender, como hice más tarde, lo que ese olor expresaba. Pero sí intuí la diferencia entre ese olor y otros olores semejantes. Cuánto había en él de promesa, de salud y obsequio, de vitalidad, augurios y, sobre todo, placeres. Y en ese momento escuché el encanto cadencioso de un calipso:

From Chicachicaree to Mona's Isle,
native girls all dance and smile,
help soldier celebrate his leave,
make every day like New Year's Eve.

Desapareció Bagdad y se esfumaron Sabu y el elefante. Abrí los ojos. Un movimiento brusco entre las ramas, sobre las tejas del techo de la casita de los aperos. Un hombre que parecía buscar algo entre los sarmientos. El hombre, apenas una sombra, se detuvo y miró al cielo, como si deseara cerciorarse de que, a pesar de la brisa, y por más misteriosas que fueran, las cosas del mundo andaban por los caminos de siempre. Se acuclilló, se alzó, los brazos hacia delante; se elevó, se lanzó hacia lo alto, se curvó, cruzó el aire. Aprecié el salto en su completa lentitud. Con precisión contemplé cómo sus músculos se tensaron y destensaron, cómo se desanudó el pañuelo rojo que llevaba en la cabeza, cómo el pañuelo cayó al suelo antes que él, al tiempo que vi una melena larga, húmeda, negra, que se desordenó en el aire. Observé las piernas que se arquearon y el modo en que deshicieron el arco antes de tocar la tierra. Me pareció notar que unas gotas de sudor volaron y brillaron. Cayó en cuclillas. Se irguió. Recogió el pañuelo, se secó el sudor de la frente, volvió a anudárselo en la cabeza. Era un joven alto y delgado, hecho como de nervios. La piel oscura, cubierta a trechos por un vello negro. Vestido como siempre lo vería a partir de ese momento: sin zapatos, sin camisa, con un viejo pantalón negro, recortado, deshilachado a media pierna; a la cabeza, el pañuelo rojo con dibujos negros. Su cara no se parecía a ninguna que hubiera visto. Cejas altas; ojos negros, grandes, ligeramente achinados; nariz autoritaria enmarcada por pómulos también dominantes; boca generosa, con el labio inferior más pronunciado que el superior; la sombra de una barba cerrada enmarcando una cara de una virilidad temeraria. Me quedé paralizado, sin saber qué hacer. No podía moverme, no podía dejar de mirar a través de los gajos de guárana.

Volvió a acuclillarse. Pareció concentrarse en la tierra, en escarbarla, en mojarla con el sudor que se le deslizaba de la frente y de las sienes. Arregló mimosas y recompuso vellosillas y amarantos. Despué se irguió, se estiró, brusco, delicado. Echó hacia atrás la cabeza. El cuello formidable se enrojeció y mostró una red de venas y músculos; abrió la boca, buscando aire, bostezó; cerró los ojos, estiró los brazos con los puños apretados, dejó al descubierto las axilas oscuras, los músculos bajo las axilas. El pantalón bajó unos centímetros, hasta el inicio de la pendejera. El hombre se perdió luego por la puerta de la casita de los aperos. El aire quedó con la persistencia del olor. Un minuto después fue otro olor, o el mismo, a tierra mojada. Se escuchó un trueno y la lluvia atacó con gotas gruesas como piedras.

2

Cerré los ojos en busca del sueño. En medio de la noche apareció la imagen del jardinero. Saltaba una y otra vez desde el techo de la casita, y aunque ésta era de techo bajo, pues a lo sumo tendría dos o tres metros de altura, lo veía saltar y posarse lento sobre la tierra. (Iba a escribir «como un pájaro», pero no puedo olvidar que «pájaro» es en Cuba una palabra despectiva para hablar de los hombres, y aquel macho, cuidador de jardín, era cualquier cosa menos un «pájaro».) Lo sorprendente no tuvo que ver con el sueño, o con la ausencia de sueño, sino con algo nuevo, simple, primitivo, elemental y no obstante misterioso, y consistió en una caricia, pues deslicé los dedos por mi pecho (entonces todavía ignoraba el goce que pueden procurar las tetillas, algo que debo al *pitcher,* a Héctor Galán, y que contaré cuando lo requiera la narración); bajé lenta la mano por el vientre, moví los dedos sobre el vientre, encontré mi pelvis, acaricié con suavidad ese espacio donde el vello comenzaba a crecer y a extenderse. Uno de esos pelos se quedó entre mis dedos, lo llevé a mi boca como si fuera ajeno y aprecié su aspereza. Como por casualidad, hallé mi pinga endurecida. Exploré los cojones recogidos, también endurecidos. Regresé a la pinga, la acaricié como si no me perteneciera, con una mezcla de aprecio, gusto, extrañeza. La humedecí. Conocí la leve frescura de mi saliva. La moví, moví mi pinga con una mano primero, con las dos manos después. Pronto, más pronto de lo que hubiera querido, mojé la sábana. La sensación fue algo más que placentera. Nada tenía que ver con cualquier otra que hubiera experimentado. Con el cuerpo nunca se deja de aprender, decías tú, mi amigo de siempre, Pepitino G. Justiniani, gran pianista, mejor compositor, extraordinariamente gordo y extraordinariamente negro, conocido en el ambiente marianense con el sobrenombre de Moby Dick.

3

Se reconozca o no, hasta los más modosos, y en primer lugar los más modosos, esconden un jardinero en su vida. Por esa razón, un novelista inglés, que sabía bien lo que decía, publicó una novela extraordinaria que, como era de esperar, estuvo perseguida, prohibida, censurada. Más que cualquier otro razonamiento, este acoso a *El amante de Lady Chatterley* (tardó treinta y dos años en ser publicada en Gran Bretaña) demuestra su grandeza y su verdad, inaceptable para muchos. Cierta poética, tal vez ingenua, permite comparar nuestra existencia con un jardín, un bosque, pero también con un campo de batalla. Y así vamos por la vida, sembrando, cosechando, peleando, viviendo, muriendo y resucitando, de conflicto en conflicto, entre invasiones, repliegues, combates y treguas, en compañía de soldados, y también de barrenderos, mineros, albañiles, carboneros, heladeros, vendedores de periódico, guardabosques, chucheros y no chucheros, policías y vagabundos, pero, sobre todo, de jardineros.

Puedo poner fecha al día en que comenzó mi contienda personal: fue aquella primera tarde en que me dio por echarme sobre la manta, lejos de la casa, casi sin ropa, bajo las piscualas, los mangos y el gomero, junto al pozo ciego del patio. En adelante, encontré un placer en la humedad del pozo, en aquel permanecer quieto, lejos de los demás y, en primer lugar, de mi hermana, Vili, la víbora Vili. Estaba allí, sin nada que hacer, ocioso sólo en apariencia, como si durmiera, mientras los otros corrían a las camas, a las hamacas, a los sillones, a las siestas con ventiladores prendidos, y yo pasaba el sofocón del mediodía sobre la hierba, bajo el ramaje de los árboles, cuya sombra prodigaba un poco de paz y de abandono. Mucho más que la humedad, la sombra y la pereza, llegué yo al rincón del patio por una razón que ellos ignoraban, y que debían seguir ignorando. Ahora, esperaba. Sin pasado, sin futuro, como sucede siempre a esa edad. Tenía quince años, de modo que no existían para mí el tiempo, la vejez, mucho menos la muerte. Sólo conocía la habilidad de dejarme entusiasmar. Esa simple confianza se encargó de organizar mi tiempo, que nada tenía que ver con el tiempo de los demás. Era una espera satisfecha. La mayoría de las tardes, el cielo carecía de nubes, los reflejos del sol se filtraban por entre las ramas del gomero gigante. En la distancia, enfática, monótona, se escuchaba la música de los novelones radiales, las voces presuntuosas de los locutores que las anunciaban. Y otro fondo de música romántica, o deseosa de parecerlo, almibarada. Hasta que se apagaba la melodía de los novelones y se hacía precisa la voz y el encanto cadencioso del calipso.

Since the Yankees come to Trinidad,
they got the young girls all goin' mad.
Young girls say they treat 'em nice,
make Trinidad like paradise...

Y el jardinero aparecía sudado y al mismo tiempo fresco, como si acabara de atravesar un monte al amanecer.

Su aparición no guardaba relación alguna con lo que hasta entonces había sido *mi* realidad, porque, como se sabe, aunque el amor siempre sea el mismo, cada persona lo encuentra a su modo. Cuando aquel hombre aparecía no había nada más, nadie más. Primero se escuchaba el calipso, a veces un golpe de metal. Después, el jardinero se lanzaba del techo o salía de la casita de los aperos con movimientos lentos, que no eran de hombre cansado, sino todo lo contrario, de hombre que contiene su energía. Sin camisa, con el pantalón negro, viejo, roto, hasta las rodillas, machete en mano, largo, también negro. Así lo veía sentarse todas las tardes en el banco que parecía de parque, aunque no estuviera en ningún parque, sino allí, en el jardín contiguo al nuestro. Lo veía sacar filo al machete, concentrado, como si los grandes enigmas del universo se encontraran en aquel machete antiguo, en la piedra por la que pasaba una y otra vez el instrumento. Comprobaba el filo con el dedo, con atención, y se quedaba escuchando, como si afinara una guitarra. Nadie sacaba filo a un machete con tanta atención y delicadeza. No parecía reparar en el chico de quince años que allí, junto al pozo, medio desnudo, tan cerca, lo observaba. Aunque él sabía, obviamente, de mi presencia. Y a pesar de mi edad, yo sabía que él sabía. Aparentemente, no reparaba en mí. Soy capaz de jurar, de todas maneras, que se sentaba allí para mí. Apenas nos separaban cinco metros y una vieja cerca construida con gajos de guárana. Desde mi lugar junto al pozo, yo alcanzaba a oír su respiración, distinguía su cara ensombrecida por una barba de dos o tres días; descubría la negrura brillante del vello del pecho, un negror del que parecía brotar el rosa brusco de las tetillas. Mis dedos, sin moverse, repasaban en sueños sus cabellos endrinos. Y, claro, también estaba el sudor. Todo esto me hacía pensar que no sacaba filo al machete para su uso, sino para que yo mirara, admirara. Si no lo hacía para provocar mi fascinación, ¿por qué clava-

24

ba el machete en tierra, con semejante seguridad, cuando daba por terminada la tarea? Si se creía solo en aquel patio, ¿por qué levantaba los pies descalzos y estiraba las piernas ligeramente arqueadas, musculosas, cubiertas también de vello negrísimo?, ¿por qué se echaba hacia atrás en el banco, con la satisfacción de hombre complacido no sólo de su tarea, sino también de sí mismo? Nada de eso se hace porque sí. Tampoco pasarse la mano por el pecho, acariciarlo, recogerse el sudor de las tetillas, de la frente, lanzarlo sobre la tierra. Para mí se detenía esa mezcla de simpleza y confianza que constituía entonces el tiempo. Él permanecía recostado en el banco y en la eternidad. ¿Tendría la certeza de que estaba conformando una imagen que nunca desaparecería del recuerdo de aquel muchacho que era yo? ¿Sabría que hacía algo que no pertenecía a un instante, sino a todos, a los que pasaban y a los que estaban por venir? Cuando sus ojos se cruzaban con los míos, había en ellos una amenaza en la que se disimulaba el socorro hacia esa propia amenaza. Sonreía y una idéntica paradoja se advertía en la sonrisa, en la violencia que delimitaba la ternura, y que la volvía penetrante, enigmática y temible.

4

Yo tenía quince años y vivía en una época en que, con esa edad, aún se me consideraba un niño. En cierta forma, lo era. Mis batallas, o, lo que es lo mismo, mis experiencias sensuales eran escasas. Se limitaban a algunas lecturas clandestinas, al tío Mirén, al Negro Tola y a un muerto bello, Luján, el primo, a quien aún hoy suelo llamar, entrecerrando los ojos, «mi primer gran enemigo». En ocasiones pasaba de un sueño en Bagdad, a otro en Rusia con Yul Brynner, y aun después a otro, en una África idílica, con los Tarzanes de Johnny Weissmüller y Buster Crabbe. Y de ahí a la realidad, hasta ese momento no demasiado gratificante (no por culpa de la realidad, sino por mi ineptitud). Ignoraba en qué consistía «batallar y disfrutar con el otro». Desconocía el sabor de la saliva ajena, que es la única, creo yo, que tiene sabor, y también el antojo abultado de unas tetillas oscuras, el olor de unos pies, el sudor de unos sobacos de vello duro. Tampoco sabía que los placeres sólo se alcanzan gracias a los deseos y los placeres del otro. Y no había experimentado el gozo de convertir al prójimo en adversario, en enemigo al que se debe doblegar, aun cuando la estrategia obligue a fingir que sea uno el que se doblega. Hasta esa tarde, nunca había visto a alguien en ese lado del jardín de al lado. El jardín del Generalísimo era un misterio, imponente, solitario como cualquier misterio. Mucho menos había descubierto a alguien que, perteneciendo a la realidad, se pareciera a los hombres que salían en las películas. Algo fantasmal, cinematográfico y literario hubo en el despertar de mis sensaciones. Por un lado los libros, el cine del cuartel de Columbia. Por otro, el jardín.

La Mamatina tenía su hora dedicada a la lectura. Casi siempre se sentaba al anochecer, con bata limpia, en el butacón de orejas, junto a una lámpara con buena luz, en la «capilla de todos los santos». Así llamaba el tío Mirén a la salita preferida de la Mamatina. Esperaba leyendo la llegada del Sargento de Bronce. Leía libros cuyas tapas previamente forraba con papel de regalo de los almacenes Sears. A mí me gustaba, a escondidas, leer fragmentos de los libros de la Mamatina, por lo general novelitas de amor, historias de amores y pasiones desmedidas. Me daba gusto husmear lo que otros leían. Además, pronto me percaté de que lo clandestino tenía mayor encanto que lo público.

Cierta tarde encontré un libro que me llamó la atención y lo escondí bajo la camisa y después debajo de mi cama. Algo que podemos llamar «intuición» me decía que aquel libro poco tenía que ver con las lecturas habituales de la Mamatina. (Por cierto, el robo me demostró algo más: la Mamatina leía cualquier cosa, y nunca acababa su lectura, puesto que al día siguiente tenía en las manos otro libro y nunca echó en falta la novela desaparecida.) El libro no estaba forrado como los otros, y no hacía falta, ya que sus tapas duras y verdes carecían de autor y título; sólo en la segunda página podía leerse, en papel y letras antiguas: «Miguel de Carrión, *Las honradas,* Novela, Librería Nueva, La Habana, 1917». Contaba una historia que tenía lugar en La Habana de principios del siglo XX. La narraba la protagonista, una mujer de Santa Clara, llamada Victoria, que contaba su matrimonio sin amor. Cometió, pues, adulterio con un galán, el apuesto Fernando Sánchez del Arco. El libro me entretuvo mucho, y el entretenimiento encontró su epifanía en el capítulo VIII de la segunda parte, que el autor, el señor Carrión, que había sido médico, subtituló «La muerte de las ilusiones». Mañana de domingo. Victoria toma clases de pintura. Tiene un encuentro (ella lo cree casual) con ese hombre, Fernando, del que se ha enamorado. Por otra casualidad (falsa) queda a solas con él. El hombre toma sus manos, comienza a besarlas. Se besan en los labios. Por primera vez ella se siente «como suspensa en el aire». El galán la lleva en brazos al aposento. La desnuda. Ella no logra percatarse de cómo él ha logrado desnudarla. Comienza a besarla, por todo el cuerpo. Ella ríe «como una loca» en espera del beso que amenaza un lugar para caer inesperadamente en otro. Él acaricia las «intimidades» de ella con el dedo, con la lengua. Ella le ruega que la haga suya. Confieso que, sobre todo, me impresionó esa frase: «Hazme tuya». ¿Por qué cuando el hombre penetraba a la mujer la «hacía suya», la «poseía»? ¿Qué efecto de propiedad podía tener el acto de abrir unas piernas y empujar en la cavidad humedecida de la hembra, la dura, resistente dimensión del macho? En muchas películas, luego de algunas escenas de las que podía deducirse que habían hecho el acto, el personaje (apasionado) solía exclamar: ¡Eres mía! En otros casos, era ella quien (apasionada) declaraba: ¡Soy tuya!

Empecé, pues, a comprender la relación de posesión que implicaba el goce de los cuerpos, y cómo el acto de gozar implicaba un hacerse dueño, un poseer, un dominar. También empecé a entender qué quería decir el tío Mirén cuando comentaba que alguno de sus amigos «se estaba beneficiando» a Fulanita. O que «le estaba dando» a Menganita. Me atraía principalmente el verbo «cubrir», por sus connotaciones veterinarias. El asunto entonces parecía reducirse a una relación entre macho y hembra, y, por tanto, el cubrir implicaba un «descubrir», un estar a la intemperie, como los animales. A partir de ese momento, sentí una enigmática excitación cada vez que yo o alguien pronunciaba o conjugaba el verbo «poseer», el sustantivo «beneficio», los verbos «dar» y «cubrir». Tampoco podía evitar el entusiasmo cuando Lola Beltrán cantaba los versos de Ferrusquilla: Cúbrete tú la espalda con mi dolor.

Leí y releí aquellos párrafos del capítulo VIII de la segunda parte de *Las honradas*. De noche, ya apagada la lámpara, mis ojos, bien abiertos, se adaptaban a la oscuridad y escrutaban el cuarto. Fantaseaba entonces con la descripción que hacía Victoria de su «entrega», con el modo enervante en que Fernando «la había hecho suya». Escuchaba la llegada de Fernando, sus pasos viriles. Experimentaba la fuerte presencia del hombre, su aliento de fumador, sus palabras cálidas, amorosas y, tal vez por eso, groseras.

Las manazas de Fernando me tocaban. No tocaban a Victoria, sino a mí. O, lo que es lo mismo, yo era Victoria. Completamente desnudo, me volvía bocabajo. En aquel movimiento había un consentimiento. Como decir: Hazme tuyo. Me enardecía el peso del hombre sobre mi cuerpo. Gracias a la literatura descubrí la Victoria que había en mí. Cierto que, durante otras noches y en otras evocaciones, a veces sucedían cosas inesperadas, como que yo experimentaba la fuerte presencia de ella, y entonces, por extraño que parezca, me convertía en Fernando, el que llegaba, y me enardecía el ligero perfume de magnolia del cuerpo blanco de Victoria, que se volvía para mí, para entregarse a mí, para decirme: Hazme tuya. Me acostaba sobre ella. Aún no tenía claro qué hacer con aquel cuerpo que se agitaba debajo del mío. Hasta ese instante ignoré que la literatura también pudiera contar, provocar, algo así, aunque no, no era eso, en absoluto, lo que más me desconcertó. Lo que más me perturbó fue la ambivalencia de mi imaginación, el hecho de que unas veces me imaginara como Victoria y otras veces, las menos, como Fernando. La imaginación, como un genio surgido de una lámpara maravillosa, se alzaba por sobre el relato y se inclinaba para permitirme la posesión de un personaje u otro. Más identificado con la «pasividad» de Victoria, supe que tenía la capacidad de asumir la «actividad» de Fernando. En algún momento incluso pensé en lo ideal que hubiera sido encarnarlos a los dos a la vez, pues cada uno tenía su encanto y ambos debían rematar un placer completo, como la moneda y sus dos consabidas caras. Descubrimiento crucial. Por eso lo he llamado «la epifanía». Gracias a una lectura, entendí quién era yo: un hombre con alma de Victoria y rasgos de Fernando. («¿Contradicción?, ¡naturalmente!, como que sólo vivimos de contradicciones...», diría don Miguel de Unamuno.) Si fuera posible simplificar, y, en efecto, mi imaginación de adolescente simplificaba, me sentía más tentado a recibir, a ser poseído, que a poseer, a ser cubierto que a cubrir, lo que no quiere decir que no me reconociera en Fernando capaz de «dar» y enloquecer a Victoria. Cuando leía *Las honradas* dejaba de ser yo y me convertía en Victoria que a veces se convertía en Fernando que se convertía en Victoria que se convertía en Fernando..., y así durante un tiempo que yo llamaba múltiple y mágico. La sensación duró toda una vida, hasta hoy. Me he llamado a mí mismo, en secreto y, de acuerdo con las situaciones, Victoria, Fernando. En momentos aún más intensos, Victoria-Fernando, que es el colmo de la gracia a que puede aspirar, en cualquier combate, un simple mortal.

5

La revelación de mi lado Victoria, así como la otra señal de que en aquel campo de batalla podía encontrarme al mismo tiempo en los dos frentes, no me llenó de melancolía, vergüenza o culpa, a pesar de haber sido educado en una familia católica. Nada de terrores ni angustias. Por un lado, sospecho que el haber sido criado bajo los preceptos de una moral judeocristiana desataba el deseo de «pecar». Y si no, que lo digan los beatos que prohibieron novelas como *Lolita*. Por otro, deduzco que siempre fui una persona comprensiva y comprensible. A pesar del catolicismo familiar, sobre todo el de mi padre (no tan riguroso, como se descubrirá más adelante), yo vivía en Cuba, y eso implica muchas cosas, la mayoría de las cuales incluso se me escapan. Es difícil saber qué significa ser cubano, como supongo que es difícil saber qué significa ser francés o español, si uno profundiza más allá del gusto por los quesos, de la dificultad para mantener una adecuada higiene personal o de la extraña compulsión de correr delante de los toros (modo clarísimo de sublimar el deseo de ser poseído, o cubierto, por el Minotauro, supremo *cubridor*). Creo intuir una lejana certeza: influye mucho el hecho de que vivía en una isla que ha sido, es y seguramente será, pagana. Para siempre. Con lo que eso pueda tener de bueno y de malo. Una isla donde, catástrofe tras catástrofe, cada una peor que la anterior, se ha ido revelando que pocas cosas necesitan verdadero sustento moral. No se trataba de un defecto de Cuba, dicho sea de paso. Tampoco de una virtud. A lo sumo, de un defecto-virtud.

El hallazgo de mis dos perfiles no fue un descubrimiento en toda regla, sino la comprensión de algo impreciso que durante un tiempo dio vueltas en mi cabeza. ¿Era mi lado Fernando o mi lado Victoria el que guardó siempre complaciente memoria del tío Mirén?

Hombre vital, joven (apenas ocho años mayor que yo), el tío Mirén era el menor de los hermanos en la profusa retahíla de hermanos de la Mamatina (eran diez, y la Mamatina la única mujer, aunque hombruna). Estudiaba Derecho. O eso decían. Lo cierto era que nunca lo vi con un libro en la mano. Su única preocupación parecía ser el Ford Thunderbird rojo que poseía, y gozar de la vida. Le apasionaban los carros, las mujeres, la cerveza y el ron, en este orden. Para él existía una fatal relación entre cada uno de esos elementos, y decía con socarronería que un buen carro aseguraba una buena mujer. Ahora sospecho que tanto los carros como las mujeres tenían para él algo de maquinaria, de mecánica ingeniería. También le gustaba la cerveza negra, el ron Bacardí y los cigarros extralargos Regalías el Cuño. Debo reconocer que el tío Mirén se veía tan atractivo como su Ford Thunderbird. Tenía el pelo más claro de la familia, los ojos verdes, una aceptable estatura y un cuerpo musculoso y ágil, ejercitado en el *jai alai* que practicaba en el frontón que entonces había detrás de la quinta Durañona. Solía llevar gafas Ray-Ban *wayfarer* y pantalones de hilo, zapatos blancos, camisas de flores, lo que lo hacía parecer un turista de Ohio acabado de llegar a Hawai. Olía al cítrico de una excelente agua de colonia. Por alguna razón que ignoro, el insistente bochorno habanero no podía con él, y, además de Ohio, se habría dicho que siempre acababa de salir de la ducha. Muchos fines de semana venía a buscarme para un paseo al que nunca llevaba a Vili. Aquél era paseo de hombres, aclaraba. Mi hermana pestañaba burlona, se echaba fresco con las manos. Lo entiendo, lo entiendo, que se vayan los hombres, yo encerrada en mi cuarto, tejiendo una mañanita. Nadie salvo yo parecía captar la ironía de mi hermana. Tampoco veían cómo ella me hacía muecas por detrás, agitaba las manos como las alas de un pájaro, se alejaba cantando:

Chogüí, chogüí,
qué lindo es, que lindo va
perdiéndose en el cielo azul turquí...

El tío montaba en su Ford y abría para mí la portezuela del copiloto. Vamos, campeón, me decía. Primero hacíamos una parada obligatoria en el puesto de frutas del Negro Tola, que se parecía a Kid Chocolate en sus buenos tiempos de Nueva York. El tío le decía algo que yo no comprendía, como en clave, y compraba mameyes y algunos plátanos. Se llevaban bien el Negro Tola y el tío Mirén, y la relación entre un negro vendedor de frutas y mi sofisticado tío siempre me asombraba. Mi tío decía que aquellas frutas eran dulces porque venían del cementerio, sin que yo entendiera qué quería decir. Después bajábamos por Buena Vista, atravesábamos Quinta Avenida hasta Santa Fe y, más al centro, por las carreteras que conducían desde San Agustín hasta Arroyo Arenas. Aseguraba: Te voy a enseñar a manejar, para que las mujeres se peleen por ti, para que te traigan de Detroit un caballo como éste. Cuando llegábamos a las carreteras perdidas, más allá de San Agustín o de La Coronela, hacía que yo me sentara entre sus piernas y agarrara el timón. Suave, suavecito, aconsejaba, el timón casi no se toca, acarícialo y admíralo, como si fuera un par de tetas; ninguna brusquedad, muchacho, una máquina es como una mujer, sólo se la convence con dulzura, con cariño, mucho cariño. La voz del tío vibraba en su pecho, y la vibración se transmitía a mi espalda. Yo agarraba el timón y no pensaba en teta alguna: ¿quién pensaba en tetas cuando mi tío colocaba sus manos grandes sobre las mías pequeñas para obligarme a controlar el movimiento del timón? Yo sólo sentía la dureza suave de sus manos sobre las mías. Mira hacia delante, la carretera, ordenaba él, y yo en cambio miraba sus manos grandes, cuidadas, limpias, los dedos largos y gruesos, de uñas bien recortadas. (De las mujeres siempre miré y admiré los cuellos; de los hombres, las manos. Supongo que el comienzo de ese gusto fueron las manos del tío Mirén.) No cerraba los ojos en la realidad (no hubiera sido aconsejable), sí los cerraba en la imaginación. Echaba la cabeza hacia atrás y me recostaba un poco, sólo un poco, en el pecho del tío, como me recostaría más tarde en el pecho del indio Sabu. No lo hacía y lo hacía, el tío parecía darse cuenta, se daba cuenta, sin duda. Al menos eso pienso ahora, después de tantos años, mientras recuerdo. Mi tío permanecía callado. Amplificado por el motor del Ford, el silencio no parecía un silencio cualquiera. Tenía algo forzado. Yo notaba en mi nuca el calor irregular de la respiración de mi tío. Lo oía tragar en seco. Me parecía escuchar cómo su lengua recorría sus labios para mojarlos. Sus manos grandes apretaban aún más mis manos, que sudaban. ¿O era el sudor de las manos del tío? Movía yo las manos ligeramente para sentir que las de él me presionaban. No te entretengas, advertía. El brazo de hombre continuaba el trazo de mi brazo de niño. Los muslos del hombre apretaban el cuerpo sentado entre ellos. ¿Te gusta?, me preguntaba. ¿Qué responder? Sí, por supuesto, sí, aunque no lo dijera, sólo con la cabeza. No podía hablar. La voz me habría delatado. En el parabrisas del carro se reflejaba su hermosa cara de frente amplia y nariz recta, los ojos desvergonzados y la boca precisa. A ambos lados de la carretera, los framboyanes semejaban grandes hogueras que marcaban el camino. Las aceras se iluminaban con el color naranja de los framboyanes. La carretera era el espejo de un agua que se evaporaba a lo lejos. Tío..., comenzaba yo a decir. Crecía un largo silencio. Qué..., preguntaba él, y con su mano izquierda, suavemente, alejaba del timón mi mano izquierda. La colocaba en su muslo. Su mano, no obstante, se posaba en el mío, en mi muslo desnudo (en esos años, yo aún vestía de *shorts)*. El sudor de su mano pasaba ahora a mi muslo desnudo. Yo quería que hablara, porque cuando hablaba la mano se mo-

40

vía sobre mi muslo, como si repitiera las palabras, como si las escribiera con los dedos. También se puede llevar el timón con una sola mano, comentaba. ¿Con una sola mano? Lo preguntaba para que volviera a responder, para que su mano acariciara mi muslo, para que escribiera. ¿Con una sola mano? La otra mano..., recalcaba, hacía una pausa. La otra mano... puede servir para tocar a la puta que llevas al lado. Manejar y tocar. Tocar el timón, tocar una teta, ¿qué más quieres? ¿Una puta?, preguntaba yo por preguntar, para que no enmudeciera. Una puta, sí, que finja que te quiere mucho. Y me besaba allí donde la espalda se unía con el cuello. Luego frenaba, fácil, manso, en cualquier descampado. Yo exageraba la inercia del frenazo. Me dejaba caer hacia atrás. Me atrevía por fin a recostarme del todo en el pecho del tío. Me abrazaba. Tienes que aprender a abrazar a una puta, explicaba, y sus mejillas rozaban mis sienes. Yo miraba discretamente hacia arriba y veía el hermoso final de su nariz afilada, la oscuridad de las fosas nasales, donde temblaban algunos vellos negros. ¿Cuánto tiempo permanecíamos así? Eres buen alumno, decía, y me besaba en la oreja. Me gustaba la aspereza de la barba recién rasurada, la mezcla del olor a Regalías el Cuño y agua de colonia. Yo cerraba los ojos, esta vez de verdad. Las mujeres se van a volver locas contigo. Y yo afirmaba sin abrir los ojos. Una buena máquina y diez o doce mujeres. Vivir es eso. No le hagas caso a tu padre, él sólo cree en la disciplina, en los deberes patrios. La patria, la patria..., ¡a la mierda la patria! Una islita varada en medio del océano, ¿eso es una patria? Singar es lo único que vale la pena. Singar y correr en un buen carro a cien kilómetros por hora. Singar es la patria. Suspiraba. Volvía a besarme. Y ahora vamos a casa, que tengo hambre, ya has aprendido bastante por hoy. Yo volvía al asiento del copiloto y regresábamos bajando hacia la playa. En una cafetería llamada El Cucalambé, con servicio *drive in,* el tío comía aceitunas y bebía una Polar. A mí me gustaba el Royal Crown Cola, por su sabor y por su botella oscura y grande, gruesa.

6

Estábamos sentados en el columpio del porche trasero de la casa de los Azcárate. Era una familia de mucho dinero que se había ido huyendo a París porque decía que en Cuba el Apocalipsis estaba por llegar, o, como recalcaba Mondo Azcárate, el patriarca, con amargura: El Apocalipsis está por *acabar de llegar.* El Sargento de Bronce se burlaba de ellos. ¡Mira que confundir cuatro bandidos de la Sierra Maestra con los cuatro jinetes del Apocalipsis!, reía agitando su vaso de aguardiente, hielo y limón. Lo cierto es que estábamos encantados con la partida de los afrancesados Azcárate, que vestían de negro, escuchaban a Edith Piaf y hablaban de París como si lindara con Bejucal, un pueblo muy lindo, casi parisino. Porque con su partida habían dejado a nuestra disposición una quinta rebosante de mangos y guayabas. En una casita de madera, pequeña y aledaña al caserón —una cueva, como decía Majita—, habían dejado al perro y a Majita Dunsay, la mexicana, una señora de más de setenta años que los Azcárate tuvieron la generosidad de recoger cuando quedó viuda y su casa fue arrasada por uno de los muchos ciclones del 33. Majita nos abría el portón, mientras decía a modo de saludo: Tierra que formó el placer, donde es más pintada el ave y canta con más poder..., y nos dejaba sentarnos en el columpio. Nos traía frutas y a veces se quedaba con nosotros, aunque, luego del saludo poético, tenía el hábito de permanecer callada. Esa tarde, la tierra de la quinta de los Azcárate se veía más roja y el cielo parecía una bóveda de un azul luminoso, casi blanco. Tú y yo estábamos solos. Recuerdo que dije: Singar. Así, sin más, y tú, Moby, te incorporaste de un salto y me miraste como si yo fuera un bicho raro. ¿Qué significa singar?, pregunté. Tanto yo, como mis lados Fernando y Victoria, teníamos quince años en una época un poco tonta: los años cincuenta, aparentemente simplones, años en los que pareció justo que, después de tantas catástrofes y holocaustos, se fingiera un poco de ingenuidad, años que se preparaban para cuanto vendría en los sesenta. No obstante, ni la época ni yo teníamos tal candidez. Mis dos mitades y yo sabíamos lo que el tío Mirén quería decir con aquella palabra prohibida y hermosa, «singar». La pregunta, por tanto, no tenía que ver con la metáfora, sino con el sentido literal. Me parecía a mí que la acepción verdadera de palabras como «bollo», «pendejo», «singar» o «pinga» desaparecían tras la fuerza de su sentido figurado. Y con la palabra «singar» me sucedía como con la palabra «bollo», que contenían para mí un brillo oscuramente delicioso, un tanto pérfido, entre el deleite, la inocencia y la batalla. «¡Váyanse a singar!», habría dicho la serpiente cubana a los cubanos Eva y Adán, y por singar habrían sido expulsados del paraíso (en caso de que alguna vez aquella tierra hubiera sido algún paraíso, cosa que merece, cuando menos, el maleficio de la duda). Si Eva y Adán no hubieran hecho caso a la serpiente, si no se hubieran comido el mango y la guayaba de la tentación, si no se hubieran puesto a singar, con la consiguiente expulsión y los castigos (o no tan castigos) que ya sabemos, ¿cómo habría continuado la Biblia? Sin ese punto de giro, ¿cómo habría podido perseverar el escribano? Sin duda, el verdadero *fiat lux* tiene que ver con el verbo singar. Aunque, claro está, en la Biblia, singar no se dice así. Además, singar no se usa salvo, creo, en Cuba, Puerto Rico y República Dominicana, porque es palabra de islas o de pueblos que reman (pueblos de buenos remos y que se enorgullecen de sus remos). En la Biblia se dice «conocer», verbo en apariencia inofensivo: «Abraham *conoció* a su medio hermana Sara y concibió a su hijo Isaac». Para el sagrado escribano, el conocimiento indaga sobre la unión sexual. Pero dejaré estas digresiones para volver a la tarde en el patio de los Azcárate, al columpio, a ti, Moby Dick, que, aunque tenías sólo un año más que yo, eras más despierto. Vuelvo al hermoso verbo marinero, «singar». ¿Qué significa singar?, te había preguntado. Cerraste tu mano izquierda e introdujiste allí tu dedo corazón; lo sacaste y metiste varias veces. Eso ya lo sé, negro tonto, dije con aire de suficiencia. Entonces ya me dirás cuál es la pregunta, blanquito precoz. Ésa es la metáfora, Moby, yo hablo del sentido recto. Lanzaste una de tus risas estentóreas. ¡Vaya, chico, vaya! Te recompusiste, suspiraste, profesoral: Pues mira, literalmente «singar» significa remar con un solo remo en la popa, y así avanzar. Y es hermoso que la unión sexual de dos o más personas se compare con el acto de navegar: avanzar por el mar (¿símbolo del caos?, ¿lugar donde nacen los dioses?), por un río (¿el de la vida?), y con un solo remo (¡no hace falta más!: ¡dadme un remo y moveré el mundo!); y ese remo no se halla ubicado en la proa, sino en la popa, es decir, detrás, detalle trascendental que deja a la vista la secreta —o no tan secreta— bugarronería del cubano. Poético, exclamé. Sin duda, exclamaste, los antillanos, casi siempre navegantes despiertos, somos poéticos a la hora de nombrar y crear metáforas sexuales, ¿no te parece, niño? Sí, niño, sí, me parece. ¿Adónde vais, ¡oh barcos misteriosos!, por la azul epidermis de los mares?

7

Ya sé que van a dudarlo, dice Majita Dunsay, la mexicana, violando su acostumbrado silencio. Se van a reír, aunque deben creerme: yo fui una mujer hermosa. Y sonríe. Quiero demostrarles que digo la verdad. Como está lloviendo, estamos en su casa. Hemos venido corriendo porque el aguacero ha sobrevenido violento y de sopetón. Ella ha abierto la puerta, nos ha hecho pasar, ha traído una toalla y nos ha secado la cabeza. Ha dicho que nos quitáramos las camisas para ponerlas a secar. Tú, Moby Dick, como siempre más descarado que yo, te la has quitado sin chistar. A mí prácticamente ha tenido que obligarme. Si la camisa se seca en el cuerpo, no hay quien les quite el catarro, ha recalcado con tono de abuela. Después nos ha hecho pasar al comedor, donde hay una mesa redonda con una lámpara encendida. Como el aguacero es intenso y las ventanas están cerradas, parece de noche. Siéntense. Nos hemos sentado a la mesa. Ella regresa de la cocina con sendos pozuelos con cascos de guayaba y queso blanco. Luego trae un atril de mesa que deposita delante de la lámpara. Hay en él un álbum con letras doradas y difíciles de leer. Yo fui una mujer hermosa, afirma varias veces, convencida y tratando de convencernos. Tú replicas que no hace falta que lo demuestre, que se nota. Yo finjo que estoy de acuerdo, aunque sólo gesticulo y emito sonidos que nada significan. Majita se sienta junto a ti. Fui linda y nunca me sirvió de nada, dice, y hace un gesto que tú pareces interpretar como una orden de que abras el álbum. En la primera página hay una fotografía antigua, de 1912, según se lee al pie. Una Majita Dunsay joven (es ella, imposible dudarlo), con los ojos despejados y la sonrisa generosa, mira a la cámara. Se la ve feliz, dichosa de mirar a la cámara y sonreír. ¿Qué edad tenía?, preguntas tú. Veinticinco años, responde la anciana con un suspiro. Muy linda, digo yo. Sí, linda, ¿y qué?, nunca me sirvió de nada. En esa época vivía en el cuartel, mi padre era oficial, daba clases de inglés a los oficiales. Yo vivía entre hombres, admiraba a los hombres, me gustaban tanto que lloraba por las noches. Los veía montar a caballo, disparar en el campo de tiro, hacer ejercicios matutinos, correr en el polígono... Tú te habías quedado inmóvil y fui yo quien pasó la página del álbum para ver a una Majita descalza, vestida de raso, en un jardín. Veía a los hombres, continuó ella, como algo prohibido. Yo había sido educada por monjas castellanas durante la guerra del 95. Admirar a los hombres era pecado, dejarse tocar por un hombre significaba lanzarse de cabeza al infierno. Y yo, ¿sabes?, quería estar en el infierno, claro que sí, en el mismísimo infierno, pero tenía que aparentar que estaba en el cielo, que allí estaría para siempre. Dios, qué horror, el cielo, por él perdí mis años y mi vida, y no me lo perdono, tampoco se lo perdono a las monjas ni a mis padres, ni al mundo, no, no lo perdono... Tú no sólo estás inmóvil: tienes los ojos cerrados y la cabeza echada hacia atrás, como si no te importara el álbum de Majita ni sus confesiones. Estoy a punto de tocarte para que te des cuenta de tu mala educación. Paso la página del álbum. La joven Majita está ahora con una cesta y un sombrero de paja. Me enamoré de un soldado, reconoce la anciana, en esa época que ves ahí, con ese sombrero tan bonito, estaba enamorada de un soldado que vivía con nosotros, porque era matancero, de un pueblo llamado Sabanilla del Encomendador, y trabajaba como ordenanza de mi padre. Mi padre lo quería como a un hijo. Mi madre lo quería como a un hijo. Yo no lo quería como a un hermano. No. Yo me despertaba temprano para ver cómo salía al patio, sin camisa, y se lavaba la cara en el palanganero. El soldado vivía en el patio, en un cuartico aparte, junto a las conejeras y al corral de las gallinas. El soldado no dormía, o dormía poco, porque muchas noches lo sentía caminar por el patio, ir de un lado a otro como un alma en pena, y yo, como otra alma en pena, daba vueltas por el cuarto, y rezaba, por gusto o por hacerme daño, porque la verdad es que rezar me ponía peor. Paso otra página del álbum. En la nueva foto, Majita no mira a cámara sino al conejo que tiene entre las manos. Aquella Majita, la joven, miraba al conejo, y esta Majita, la anciana, ha cerrado los ojos. Me pregunto por qué Majita y tú tienen los ojos cerrados. Muevo un poco la silla, sigiloso. Pero las precauciones son innecesarias, el aguacero no ha amainado y el golpeteo del agua en el tejado es fuerte e insistente. Y descubro que tú tienes fuera del pantalón tu gorda y negra reata. Majita la manosea con su mano derecha, como descuidada, como si no moviera la mano. No sé si era un hombre hermoso, sigue diciendo Majita sin abrir los ojos y sin dejar de mover su mano derecha, ya no lo sé, han pasado tantos años, más de cuarenta, ya no estoy segura de nada, lo veía, y lo veo, hermoso como los soldados hermosos de este mundo, porque lo peor de las guerras es eso, la cantidad de hombres lindos que se matan los unos a los otros. Lo veo alto, fuerte, hermoso, aunque no estoy segura, no sé si es el recuerdo. El recuerdo afea lo feo y pone más bonito lo bonito, qué cosa rara el recuerdo. Cuántas veces me acosté desnuda y dejé la puerta de mi cuarto abierta, para que él entrara. Él nunca entró, claro, no sabía que yo dejaba la puerta abierta para él. Me suponía decente. Yo era decente. Una madrugada hasta llegué a bajar al patio cuando me pareció escucharlo allí. Me detuve en la puerta de la cocina. Lo vi junto a la conejera. Sé que él me miró.

Lo sé, aunque estaba oscuro. Levanté una mano para llamarlo. Creo que lo llamé sin llamarlo, por supuesto, pues mis padres dormían. Avanzó un paso, dos, vino hacia mí. Y cuando lo tuve a un paso, y sentí su respiración y aquel ámbito que rodea a un hombre de verdad, cuando sentí que casi podía tocarlo, me dije que yo era una mujer decente y di media vuelta y desaparecí en la cocina y me fui a mi cuarto a dormir o qué sé yo a qué. Majita y tú continúan con los ojos cerrados. Ella enmudece sin dejar de tocar tu gordo miembro negro. La lluvia cae con fuerza. Están tan buenos los casquitos de guayaba con queso...

8

La paja, hacerse una paja. En mi caso, ese descubrimiento no tuvo lugar en la escuela, la academia de Miguelita Su, ni en medio de juegos infantiles, como suele suceder. En eso también fui excepcional. Tres años antes, cuando yo tendría doce, lo había descubierto gracias al Negro Tola, aunque creo que el gran negro nunca se enteró. Jamás sabría, ni en el más delirante de sus sueños de negro hermoso, que alguna vez en su vida de frutero había sido profesor de algo, y mucho menos de aquella prueba de amor propio a la que llaman «paja». Cuando me veía, el Negro Tola solía regalarme de aquellas frutas tan dulces que vendía. Me pasaba una mano por la cabeza, me pellizcaba la barbilla, me miraba con los ojos medio borrados (tenía una nube azulosa en cada ojo que le daba siempre un aire abstraído) y sonreía. El Negro Tola tenía poco más de veinte años y era el negro más guapo del Obelisco. Siempre estaba cantando, de buen humor, con su nube en los ojos. Y como si supiera lo de la nube y sus ojos, cantaba *Smoke Gets in Your Eyes* con una voz que intentaba el falsete. Nadie le escuchó jamás una palabra grosera, un grito, algo ofensivo. No sólo cantaba a Los Platters, también cantaba boleros de Abelardo Barroso. Arrastraba la carretilla de frutas como un príncipe. Con cuatro ruedas de bicicleta antigua, la carretilla chillaba como un animal herido, pero él la empujaba rápido y podía vérsele, casi al mismo tiempo, por cualquier parte de Quemados, Buen Retiro, Pogolotti, por el cine Record, por las primeras postas de Columbia, por las escuela de Comercio, del Hogar y de Kindergarten, por Flor Martiana, por Maternidad Obrera, el Hospital Militar, subiendo General Lee hasta la Calzada Real, y bajando desde ésta por Luisa Quijano, hasta Ampudia; en la Plaza, en la puerta de la farmacia de Veloso, en la fotografía de Menéndez. También se llegaba hasta Redención. Se apostaba a la puerta del salón del Reino de los Testigos de Jehová, de la Sociedad Caribeña o de la iglesia de los Adventistas del Séptimo Día. Y lo oías gritar: Frutas, frutas, y cantar *Smoke Get in Your Eyes,* y le mirabas los ojos y veías el humo que lo alejaba de la vida y lo hacía más vital y más hermoso.

Cierta mañana, cuando aún no me llamaba a mí mismo Fernando ni Victoria, encontré la carretilla de las frutas por el camino que unía la vinagrera con la

54

antigua estación del ferrocarril. Llevar el carro hasta allí, por esa zona, debía tener algún propósito concreto y no precisamente el de vender frutas. Era un trayecto arduo porque el camino, pura tierra, se abría paso entre maleza; era casi el monte. Y prueba de ello era que las palmas y las ceibas siempre estaban repletas de ofrendas, cosa inexplicable porque poca gente transitaba por allí, sólo algún que otro santero que no andaba precisamente en busca de frutas para comer. Mucho menos había casas. En una especie de choza construida con maderas viejas y planchas de zinc, viejos anuncios de Coca-Cola, de emulsión Scott y de películas de Mary Astor y Edward G. Robinson, vivían dos vagabundas. Dos hermanas, las Landín, Gladys y Pequeñita Landín, a las que llamaban «las francesas», sin serlo, sólo porque se decía que de jovencitas habían sido coristas del teatro Shanghai. Ahora se las veía cuarentonas, vagabundas, aunque todavía fuertes, mulatas, abundantes, de buen ver, a pesar de los disfraces que se ponían. En el barrio se decía que habían enloquecido de tanto alcohol y tanto opio, lo cual las hacía más atractivas. Andaban siempre juntas. Parecía que hubieran acabado de llegar, por caminos remotos, desde los tiempos del presidente Zayas. Vestían siempre trajes antiguos, guantes, sombreritos con flores de terciopelo, velos y sendos *renards* enrollados al cuello. Sólo mirarlas provocaba una sofocación, que se sumaba al calor habitual de Marianao. Cantaban por las esquinas. Con sus bonitas voces de soprano entonaban canciones de Lecuona y Sánchez de Fuentes. La gente les daba algunas monedas, aplaudían a veces, aunque sin excesivo entusiasmo. Las hermanas formaban parte del paisaje, como los muros, los monumentos y los falsos laureles. Al Negro Tola no se lo veía por ninguna parte. Por algún motivo inexplicable, me escondí, avancé oculto entre murallas, miraguanos y zapotes. Junto a la choza, las francesas Landín bailaban desnudas, sin música. Bueno, sin música no: a veces, una de las dos tomaba una vaina de framboyán, la batía en el aire, y el batir de las semillas dentro de la vaina producía un sonido rítmico y atávico. De una bañadera verde y llena de agua verde en la que habían deshojado flores de vicaria blanca, sacaban cubos de agua musgosa que la una vertía sobre la otra mientras bailaban. El musgo y los pétalos blancos quedaban en sus pelos duros, en sus tetas, en la pelambre tensa de los bollos. Se golpeaban, se acariciaban con ramas de paraíso. Reían, daban gritos, divertidas, se besaban, y se pegaban suaves nalgadas, y volvían a besarse los pezones, los labios, y se pasaban las ramas de paraíso por todo el cuerpo sin dejar de bailar. Dos hermosos cuerpos. Dos bellas mulatas, poderosas, de senos grandes; muslos suavemente musculosos; nalgas redondas, empinadas, pródigas. Pensé (y sigo pensándolo) que se las veía mucho más bellas así, desnudas, que vestidas con los disfraces de divas desorientadas por el invierno europeo. También caí en la cuenta (o caigo ahora) de que era la primera mujer que yo veía desnuda. En este caso, por partida doble. Dos mujeres desnudas. Y algo mejor: gozosas de estarlo. Sospecho que, aunque no lo supiera bien, me gustó verles las tetas, el modo en que saltaban y remataban en dos pezones negros que también saltaban como flores sin abrir. A mi lado Fernando le gustaron los cuatro pezones negros. Sospecho asimismo que me gustó mucho más el modo en que los vientres bajaban hasta la abundante mata de pelambre negra y tenaz. ¿Sabría ya que a aquello solían llamarlo Monte de Venus? En el caso de las Landín, lo de monte estaba clarísimo. Lo de Venus, quizá no tanto: más africanas que griegas, en su caso lo habría llamado Monte de Oshún. Nada de eso pensé entonces, porque era un niño y no había leído a Lydia Cabrera, a pesar de que era nuestra vecina. Lo que importa es que, en ese momento, oí un golpear de ramas hacia el lado del camino. Y sorprendí al Negro Tola a horcajadas en la rama de un ocuje. Miraba alelado el baile, el juego de las hermanas desnudas. Abierta y sonreída la boca, agitado, como si le faltara el aire, movía, hacia delante y hacia atrás, atrás-adelante, adelante-atrás, su mano izquierda. Primero descubrí el movimiento; instantes después, el porqué del movimiento. Tenía el rabo en la mano. Un rabo grueso y evidentemente duro, como otro brazo que le hubiera crecido entre las piernas. Cuando lo soltaba, quedaba señalando hacia la copa del ocuje, como la punta de una flecha. A ratos lo sostenía y lo meneaba con las dos manos. Yo hubiera jurado que la pinga era lo que más admiraba de su cuerpo. Un cuerpo, por lo demás, que en ese momento parecía el de Kid Chocolate sentado en la esquina del ring. Las hermanas se besaban, bailaban, y, con idéntico ritmo, las manos del frutero movían el rabo. Ellas se golpeaban con las ramas de paraíso, y el Negro Tola, a horcajadas sobre la rama, movía las manos y encogía las piernas fuertes. Así fue hasta que cerró la boca, levantó la cara, las manos se detuvieron y vi aquella cosa blanquecina que escapaba con fuerza hacia el árbol, hacia la tierra, hacia la Tierra.

Leche, se llama. Leche, como la que sale de las tetas de las mujeres, de las vacas, de las chivas, de los manatíes hembras. Se mama una teta joven y sale leche; se mama una pinga joven y también sale leche. Sí, tienen propósitos distintos, pero ¿qué importa? Es leche, leche, e invariablemente tiene que ver con la Vida en mayúscula. Tampoco debo apresurarme, no hay que adelantarse a los acontecimientos. A su debido momento volveré sobre la vida, es decir, sobre la pinga y sobre la leche. Como cualquier mamada, aun la más chapucera, la narración requiere un orden, una estructura. Habrá tiempo de volver sobre la vida, sobre el néctar de la vida llamado leche, porque ahora las hermanas Landín, Gladys y Pequeñita, están desnudas, bailando, echándose agua junto a los anuncios de emulsión Scott de la casucha. El Negro Tola se repone de su incómoda paja en la rama del ocuje, y regresa a su ocupación, al fin y al cabo el hombre no vivía de pajearse, sino de vender las frutas más dulces. *Oh, when your heart's on fire, you must realize, smoke gets in your eyes.*

9

Tanto mi lado Victoria como mi lado Fernando (aunque en menor medida mi lado Fernando) pensaban que la paja, extraordinariamente importante en nuestras vidas, extraordinariamente importante en el enaltecimiento del amor propio, había sido denostada con innumerables calumnias. Un ejemplo entre muchos: se llegó a decir que dejaba ciegos a quienes la practicaban con higiénica asiduidad. Esta injusticia, de paso, hacía recaer un velo de sospecha sobre los ciegos. Y antes de comprender los grandes provechos de la paja, así como cuántas mentiras se tejían a su alrededor, miraba yo a los ciegos con socarrona conmiseración. Lo cierto era, y es, que la paja estaba permanentemente en mi vida, como ha estado, y está, en cualquier vida. En la escuela se hablaba de la paja. En el barrio se hablaba de la paja. A veces se decía «paja» sin decirlo explícitamente. Como cualquiera de las grandes palabras de la vida, ya ni siquiera debía pronunciarse para que entendiéramos: bastaba con un movimiento de la mano. Había también quien decía «rayar una yuca», «engrasar el palo», «hacerse una cantúa» o «una manuela». Lo de «manuela» no me gustaba, porque Manuela se llamaba mi abuela paterna: se entenderá por tanto lo raro, y hasta grotesco, que me resultaba decir «hacerme una manuela». El tío Mirén mencionaba la paja con la misma naturalidad con que anunciaba que se iba a escuchar a Beny Moré y a Blanca Rosa Gil en el Ali Bar. Muchas veces yo sentía que vivía en un granero, que el mundo estaba lleno de paja. La paja lo inundaba todo. Aparecía en cualquier momento y lugar. Nada importaba si venía a cuento o no. No jodas más, vete a hacer una paja. Qué ojeroso, ¿te hiciste una paja? ¿Y a ti qué te pasa, estás pajeado? (aclararé que en cubano, o habanero, se pronuncia «pajeao»). Cuando, por ejemplo, me demoraba en el baño, mi hermana Vili venía y ordenaba por lo bajo: Oye, niño, deja la paja para mañana. Gracias a las hermanas Landín y al Negro Tola, supe a qué se referían con la palabra «paja». En realidad, como a veces sucede, en ese momento conocí la palabra, porque el acto ya lo conocía. Primero, el acto, la cosa, luego el nombre de la cosa. (Por otro lado, ¿qué importancia tiene el nombre en sí? Aquello que llamamos paja igual dulce placer provocaría con otro nombre.) Paja, algo que se practica a solas. Endurecer el rabo, la pinga, moverla hacia atrás y hacia delante hasta que salga un disparo de leche. Paja, a eso se llama paja. ¿Y por qué se llama paja?, me preguntaba yo en aquellos años. No sé si me habría ayudado ver las acepciones que el diccionario destina a la palabra, donde quizá haya algunas reveladoras. Por ejemplo, la sexta acepción: «Cosa ligera, de poca consistencia o entidad». Y la séptima: «Lo inútil y desechado en cualquier materia, a distinción de lo escogido en ella».

La respuesta la tuve aquella mañana que vi a Aquilina Margarita Fuciño (una mulata gallega que ayudaba a mi madre en la cocina) limpiando mazorcas de maíz para hacer tamales. No olvidaré nunca aquel momento. Aquilina Margarita Fuciño estaba sentada en un taburete, en el patio. A su lado, una montaña de mazorcas para hacer tamales. Quitaba las hojas con cuidado para no estropearlas, porque en el tamal la hoja es tan importante como el propio maíz. Después, iba tomando una a una las mazorcas y les quitaba las pajas que habían quedado en ellas. ¿Y cómo lo hacía? Con un movimiento voluptuoso de la mano. Un gesto evidente. Entre divertida y ruborizada, Aquilina Margarita Fuciño me lanzó en ese momento una mirada y guiñó un ojo. Y así fue como supe que quitar la paja a una mazorca de maíz (o de cualquier otra espiga) nombraba, por arte de una simple metáfora, un acto escondido; y luego, como resultado de una poética confusión, el acto original daba la impresión de ser la metáfora.

Pero más importante que eliminar la paja de una mazorca de maíz para hacer tamales es entender el valor verdadero de la paja. No tiene nada de inutilidad. Tampoco de desecho. Nada de «savia sin finalidad», como dijo el poeta. A lo largo de los años he comprendido que toda la savia tiene finalidad. (Por otra parte, si toda la savia tuviera «finalidad», ya no cabríamos en este mundo; es más, a pesar de la savia que por ahí corre sin finalidad, ya no cabemos en este mundo.) No. Concluyo que, si intentamos sostener la inutilidad de la paja, llegaremos a sostener la inutilidad de la imaginación. Se trate de la masculina o de la femenina, la paja es un exvoto a la imaginación. Cuando, en la soledad de la noche, una mujer acaricia y frota su clítoris, y un hombre acaricia y aprieta su pinga para que, según su potencia, el semen brote hacia la pared, el suelo, la bañadera, la cama, es un presente que, reconociéndolo o no, se hace al dios de la imaginación. Mucho se podría decir sobre la paja. Baste un detalle simple que al propio tiempo no lo es: la paja no es el sucedáneo, el pobre sustituto de algo. No es cierto que se recurra a la paja porque se carezca de amante, como no es cierto que se recurra a la literatura porque no se disfrute de la vida real. Años después, yo tendría la oportunidad de comprobarlo: la paja no tiene un porqué, se hace porque se hace. Cuántas noches, después de un estupendo combate sexual con hombres o mujeres asombrosamente diestros en el arte amatorio, en cuanto éstos se dormían, me descubría volviéndome al otro lado y moviendo mi rabo, repasando, con minuciosa calma, los pormenores de la lucha que acababa de tener lugar. Tanto Fernando como Victoria se unían en mi imaginación para aportar cada uno sus puntos de vista. Y así, cosas que se habían desdibujado durante el desenfreno de la singueta, reaparecían con deslumbrante nitidez durante la paja. Habría rectificado el punto IX del decálogo del perfecto cuentista de Horacio Quiroga: «No te pajees bajo el imperio de la emoción. Déjala morir y evócala luego». Por lo demás, y para terminar, ¿era la paja algo que únicamente se hacía a solas? Más adelante entendí que no, que no siempre. Considero, además, que la paja es a veces el equivalente a los ejercicios de preparación militar, el momento de estudiar el propio cuerpo (de combate), de medir sus fuerzas, su alcance, su capacidad defensiva. El instante de dejar limpias las armas.

10

Otro de mis descubrimientos de aquella época fue la completa galería de muertos, la salita, donde mi madre, la Mamatina, pasaba la mayor parte de su tiempo. No sé si alguna vez entraste. Allí mi madre zurcía, recibía a las amigas, bebía café, mascaba tabaco, conversaba, jugaba canasta y oía la radio. Una salita pequeña, atestada de fotografías familiares. La «capilla de todos los santos», la llamaba el tío Mirén. El tío, y no sólo él, se burlaba de la pasión de la Mamatina por las fotografías familiares, y más aún por la historia de los parientes muertos. Entre ellas, destacaba una foto que me inquietó desde que tuve recuerdos. La fotografía de aquel que llamaban Luján, el primo. Primo, porque lo había sido de Mamatina y del tío Mirén. Un gran nadador, decían, de estilo libre y gran resistencia. De hecho, cuando lo atrapó la muerte (o sabe Dios qué), se preparaba para estudiar en un famoso *high school* de Baltimore, donde perfeccionaría su cuerpo y se prepararía para competiciones internacionales. Vivía en Jaimanitas. Allí, en el mar del oeste, entrenaba durante horas.

Una de aquellas mañanas sus brazos, así como la leve agitación que sus brazos provocaban en el agua, se perdieron a lo lejos. Nunca más se supo de él. El cuerpo no regresó a la playa. Ni vivo ni muerto. Nada encontraron los buzos que su padre contrató. En mi opinión, la de Luján, el primo, fue durante años la más hermosa fotografía de cuantas había en el saloncito. Foto grande, ovalada, propia de una gran promesa de la natación. El joven se veía de cuerpo entero y en completa posesión de su inocente soberbia; cabeza cuadrada, pelo rapado, ojos de miope enmarcados por diminutos espejuelos de metal; sonrisa extraña, perturbadora, que mezclaba jactancia y timidez; cuello de toro; hombros anchos; brazos largos; caderas estrechas; muslos y piernas delgados; en la foto, llevaba traje de baño de competición, de tirantes, con banderita cubana en el centro del pecho. Al principio, me sonrojaba mirarlo. No sabía por qué. Tal vez sentía que el muerto me observaba desde su categoría de deportista, de su inevitable altura de nadador y de ahogado. Sentía, además, que los demás se percataban de mi turbación. No obstante, me gustaba mirarlo. Me inquietaba saber que aquel cuerpo vagaba aún entre algas y peces, lo imaginaba intacto en el fondo del mar, como en la foto. Ahora supongo que, cuando yo era pequeño, no entendía cabalmente qué quería decir la palabra desaparición, y, menos aún, las palabras ahogado y muerto. En cualquier caso, lo que el primo Luján me provocaba no tenía que ver con el miedo. Muchas noches buscaba los rincones oscuros de la casa. Ignoraba la razón que unía muerto, aparecido y oscuridad. A la oscuridad iba a buscarlo cuando los demás se acostaban, bajaba con una linterna hasta la salita y pensaba, invocaba: Vamos, primo, aparécete.

No bastó tanta mirada cautelosa: tuve que llevarme la foto conmigo y, en la soledad de mi cuarto, lo observé tanto que aún hoy estoy seguro de que nadie conoció al primo Luján como yo. Gracias a la lupa de mi colección de sellos, entendí mejor la sonrisa, la altivez humilde de la mirada. Admiré los pies feos que no eran realmente feos, sino desproporcionados y bellos. Descubrí varios lunares de color sepia en sus hombros. Al primo nadie lo había acariciado nunca. La Mamatina se quejaba muchas veces: Pobre Luján, decía, con tanta natación y tanto sacrificio, no conoció novia (mi madre tenía su influencia bíblica), se fue sin que nadie le diera un beso. Ni siquiera tuvo el consuelo de perder la virginidad, recalcaba el tío Mirén. Mi madre lo mandaba a callar. Sonriendo, el tío Mirén bajaba la cabeza. La Mamatina afirmaba, se abanicaba. Estoy de acuerdo, sonreía ella también, hablando en susurros. Si de verdad murió virgen, fui yo, amparado en mi lado Victoria, quien primero pasó los dedos por la línea de sus hombros, de sus brazos, de sus labios, vivos en la foto, antes de ahogarse. Fui el primero en descubrir su cuerpo, aunque él nunca pudo saberlo. Sin embargo, ¿de verdad nunca lo supo? ¿Y si observaba desde algún rincón oculto? ¿Y si morir comportaba mirar desde otro lado? En algún lugar, pensaba yo, deben de estar los muertos. Si eso era así, el primo Luján observaba y entendía mi devoción. Al fin y al cabo, alguien que estaba vivo aprendía a admirarlo muerto, gracias al misterio de una fotografía. ¿Se le puede llamar a eso resurrección? Yo dudaba. Y al principio no entendí en qué consistía aquella ternura: contemplar a un muerto. La ternura de disfrutar contemplando a un muerto y saber, creer saber, que ese muerto disfrutaba a su vez. No era capaz de explicarlo así, con la sencillez con que lo hago ahora. Con el tiempo uno simplifica, finge que se explica mejor. Yo apagaba la luz. Me desnudaba. Adivinaba, en la penumbra, la sonrisa del ahogado, la autoridad tímida de su cuerpo excesivo. Cerraba los ojos, me tocaba. No era yo quien me tocaba, por supuesto. Bastaba con cerrar los ojos para que allí estuviera él, con su traje de nadador y su olor a Jaimanitas, que nada tenía que ver con el olor de cualquier playa. Allí, como en Santa Fe y Baracoa, el mar tenía siempre un confuso y maravilloso olor a sargazos. Sentía el peso del cuerpo del nadador sobre el mío. Su respiración, su aliento. Él estaba allí. Yo, y principalmente mi lado Victoria, nos encogíamos. Sentíamos cómo el ahogado nos abrazaba, nos alzaba en brazos y nos dejaba caer sobre la cama. Victoria y yo sentíamos que subíamos y caíamos, sin gravedad, en el fondo del mar.

11

La capilla estaba un poco más allá de las caballerizas, próxima de la pista de aterrizaje. Aunque había un confesionario, el padre Goyo Nacianceno tenía la deferencia (si puede llamársele así) de llevarme a un pequeño guiñol, detrás del falso deambulatorio, donde se hacían representaciones de las escenas bíblicas para los hijos de soldados y oficiales. El guiñol olía a polvo, a Biblia, a telones viejos y a teatro cerrado. El padre se remangaba la sotana y, a pesar de su gordura, se sentaba en el suelo del tabloncillo con extraordinaria habilidad. Con un gesto perentorio de la mano, me obligaba a sentarme entre sus piernas. Recostaba la barbilla áspera en mi hombro y pasaba su mano por mi cabeza. A Goyo Nacianceno, sacerdote, yo lo consideraba entonces bastante viejo. Ahora sospecho que debía de andar cerca de los cincuenta, que para mis quince años suponía la decrepitud. Español, de Burgos, decían, como el Cid Campeador. Y seguramente tuvieran razón, debía de ser castellano. Entre otras cosas porque su lengua se deslizaba con excesiva rapidez por entre salivas y zetas; porque era blanco, casi rojo, calvo como una bola de billar, de ceño permanentemente fruncido y boca torcida en una mueca atrabiliaria, y hablaba con grosería de aldeano, como enfadado con el mundo, como si se dirigiera a una caterva de bestias o de republicanos, y, de cinco palabras que soltaba, cuatro eran malas palabras, y uno tenía la impresión de que esas palabras lo agredían físicamente. Sucedía así hasta en el más piadoso de sus sermones. Incluso con más fuerza cuando intentaba el más piadoso de sus sermones. Al menos en la voz y los gestos, la ternura le era ajena. No así en los actos, si voy a ser imparcial. El padre Goyo Nacianceno, la verdad, era el único que se iba a trabajar con los más pobres, en los bohíos que se alzaban por detrás del Oriental Park. El único que cuidaba enfermos en Pogolloti y en el hospitalito del central Toledo. Iba con sus títeres y sus misterios bíblicos hasta más allá del río, donde las casuchas se hundían entre las marismas y la mierda de los albañales. Siempre andaba con prisa, como si un toro lo estuviera persiguiendo. Su vivacidad, sus movimientos ágiles, contradecían las piernas cortas y el vientre ancho.

Me acaricia la cabeza, baja la mano hasta el cuello, hasta mi espalda, se detiene en mi cintura. ¿Has tenido pensamientos impuros? Me limito a asentir con la cabeza. No sólo porque es cierto, sino porque además sé que él espera y desea que asienta. En este instante tiene lugar una de las más claras manifestaciones de mi lado Fernando. Hago un largo gesto con la mano, como si señalara un palacio distante. Muchos pensamientos impuros, padre, digo, y finjo que la frase escapa de mis labios con dificultad. ¿Sólo pensamientos? No, también actos. ¿Cuáles?, ¿volviste a metérsela a la chiva de tu padre? No, eso no, ya soy un hombre. Bien, ¿qué hiciste entonces? Una niña de sexto grado. ¿Qué hiciste con la niña de sexto grado? Se la enseñé. ¿Cuándo? En una clase de educación física. ¿Cómo hiciste? Estaba sentado a la sombra, bajo las gradas, me abrí la portañuela, me saqué los pendejos. ¿Ya tienes pendejos? Claro, padre, tengo quince años. Déjame verlos. Abro la portañuela y saco un crespo de hermosos pendejos dorados. Eres un hombre, hijo, tienen el mismo color de tu pelo. ¿Qué más hiciste? Nada, me saqué el rabo, se lo enseñé. ¿Ella qué hizo? Se rió. Ah, se rió, le gustó. Sí. ¿Y tienes el rabo grande? Normal. ¿Qué quiere decir normal? No sé, ni grande ni pequeño. Déjame verlo. Mi lado Fernando saca con júbilo la pinga saraza. ¿Ve, padre? Está bien, hijo, Dios ha querido que seas dichoso, guárdala. Usted, padre, ¿tiene pendejos? ¿Qué pregunta es ésa, hijo? ¿Los tiene? Claro. Déjeme verlos. El sacerdote soy yo, Josán, no lo olvides. No lo olvido, padre, yo lo quiero mucho. ¿Qué más? ¿Qué más, qué? ¿Qué otra impureza? Me hice una paja. No hables así. ¿Cómo tengo que decirlo? Masturbarse, se dice así. Pues entonces me masturbé. ¿Dónde? En el cine. ¿Qué película veías? *Qué verde era mi valle*. El padre aprieta mi cintura, hace con la lengua un chasquido de incredulidad. *¿Qué verde era mi valle?* Sí, padre, tal vez el encierro en la mina... ¿La mina? Sí, sí, la mina y Maureen O'Hara en su casa elegante. Suspira, su boca se pega a mi espalda y, cuando habla, siento la vibración de las palabras. *Qué verde era mi valle*. Larga pausa. El silencio del guiñol se hace sobrecogedor; por las lucetas de las ventanas entra un sol que forma cuadros rojos, azules y verdes en las paredes. En el cine, ¿cómo lo hiciste? Como se hace. No seas ladino, hijo, ¿cómo lo hiciste? En el momento en que quedaron cerrados en la mina, saqué la pinga y la moví. ¿Cómo la moviste, rápido, lento...? Lento, padre, lento, no me gusta la rapidez. ¿No me digas que también te has vuelto perezoso? La pereza es un pecado, padre, salvo cuando se trata de una paja. No escuché lo que dijiste, ¿de acuerdo?, ni lo escuché ni lo vas a repetir, no me gusta cuando te pones estupendo, ¿qué más? Nada más. ¿Cómo que nada más? Moví la mano, lento-lento, como a mí me gusta, y cuando estoy a punto de venirme, más lento todavía y dejo de mover la mano para que la leche salga sola. ¿Mucha leche? Mucha. ¿Con fuerza? Con fuerza. ¿Cuánta fuerza? Embarré de leche la bu-

taca delante de la mía. ¿No había nadie? Sí. ¿Quién?
Pucha. ¿Qué Pucha? La cantante. ¿Pucha la cantante, esa gorda que anda cargando su guitarra por el
parqueo de Maternidad Obrera? La misma. ¿Se dio
ella cuenta? No, padre, nadie se dio cuenta, si acaso
la butaca y yo. Así que la butaca se dio cuenta. Claro, le cayó medio litro de leche. ¿Cuántas? ¿Cuántas
qué? ¿Cuántas pajas te haces al día? Tres, cuatro, depende. ¿Depende de qué? Del día, de los sueños, del
calor, de la lluvia. Vaya, desbocado el chaval. Usted
lo sabe, padre. El padre Goyo Nacianceno no me da
la razón, no dice que lo sabe, me pasa la mano por
mi espalda, y eso quizá significa lo mismo. ¿En qué
piensas? ¿Ahora? No, no, ahora no, cuando te haces
la paja. En la jardinera. Siento que el padre Goyo se
yergue, que su mano se detiene en mi espalda. No
veo su cara perpleja, pero puedo imaginarla. ¿Cómo
dices? Que pienso en la jardinera. ¿Qué es eso? Una
mujer que siembra flores en un jardín, la jardinera
que trabaja al lado de mi casa. ¿Quién es? Me enco-
jo de hombros y digo: Es haitiana, creo. ¿Haitiana?
Sí, de Haití. Vaya, haitiana de Haití, ¿y cómo sabes
que es haitiana de Haití? Canta canciones francesas
y lleva un collar rojo. ¿Es negra? No, mulata. ¿Guapa? Mucho. ¿Por eso piensas en ella? También porque suda. Explícame eso. Me gusta que la gente sude,
padre, me gusta que los demás huelan y sepan a
sudor. Y ahora, cuando termino de decir esta verdad,
el cura pasa su mano por mi frente, como si buscara

el sudor de mi frente. ¿No te parece cochino? No, padre, un sudor limpio nunca es cochino. ¿Qué cosa es un sudor limpio? El de alguien que se baña cada día, padre. Así que haitiana y sudorosa, vaya. Un encanto, sigo yo, va casi desnuda y se tira desde el techo de la caseta donde guarda los instrumentos de jardinería. ¿Se tira desde el techo? Sí, es tremenda, arriesgada, me encanta mirarla. Aclárame algo, ¿has probado el sudor de alguien? El mío. ¿Te gusta? Mucho. Y cuando te haces la paja, ¿cómo te la imaginas? ¿A quién? A la haitiana. En cuatro patas. No seas preciso, Josán. Usted pregunta, yo respondo. Otra pausa, más larga que la anterior. Los cuadros coloreados del sol continúan en las paredes, intactos. El padre extiende su mano, toca mi pinga dura. ¿Qué te pasa? La haitiana, padre. Ya veo, mejor dicho, ya siento, y te gusta que te la toquen, ¿verdad? Nadie me la toca nunca, padre, sólo usted. ¿Te gusta que yo te la toque? Mucho. Vamos a intentar que te sea indiferente. ¿Cómo? Cierra los ojos, piensa que estás en un campo o en una playa, repite para tus adentros: «No es la mano del padre Goyo, es la mano de Dios». Sí, Dios me está tocando. No es eso lo que he dicho, tienes que conseguir que no te importe. Si Dios me toca, alguien me toca. No te toca alguien, te toca Alguien. El padre Goyo enfatiza la A del segundo alguien para que capte que es en mayúsculas. ¿Entiendes? Bueno, no mucho. Bien, levántate. Abro los ojos, me levanto. Él también se pone de pie, ágil, casi de un salto. Me toma de la mano, me conduce a una esquina donde hay una pequeña pila bautismal que simula una concha marina. El padre Goyo Nacianceno toma agua bendita y me moja la pinga. Es Dios, Josán, compréndelo. Cierro los ojos. Es Dios, repite, es Dios. ¿Está llorando, padre? No, hijo, no tengo por qué llorar, al contrario, vete a casa, vete con Dios. Lo quiero, padre. Lo sé, lo sé, acaba de irte. Me acerco, lo abrazo, no responde. Los brazos le caen a lo largo del cuerpo, inertes. Tiene los ojos cerrados y húmedos. ¿Está llorando, padre? Acaba de irte, rayo malo, demonio. No blasfeme, padre. Y tú, no seas hijo de puta, hijo.

12

Las lentas hojas vuelve un niño y grave
sueña con vagas cosas que no sabe.

J.L. Borges, «Lectores»

Encontré treinta y una novelitas en las molleras patrias. Y digo eso porque las localicé dentro de las cabezas del Padre Varela, de Luz y Caballero y de Salvador Cisneros Betancourt, marqués de Santa Lucía. Era un escondite inmejorable, no puedo negarlo. Así, comencé a saber quién era verdaderamente, y qué oscura inteligencia de estratega tenía el Sargento de Bronce, mi padre, que no era sargento, sino capitán-veterinario, a cargo de los purasangre del campamento de Columbia. Todo el mundo, sin embargo, lo llamaba a escondidas Sargento de Bronce, incluso la Mamatina. Sargento, por su activa participación en la llamada «revolución de los sargentos» de 1933; de Bronce, por su fama de hombre devoto, de un catolicismo dogmático y recalcitrante. Era culto, respetable, siempre de cumplido uniforme, serio, ceremonioso, dueño de un lenguaje sucinto y modales circunspectos. No parecía un hombre con las pasiones, las luces y las sombras de cualquier hombre de carne y hueso, y nadie hubiese dicho que había nacido en El Caney, un pueblito cercano a

Santiago de Cuba donde, según dice una canción famosa, había frutas maravillosas. Por eso me sorprendió descubrir aquella colección de treinta y una novelas de títulos sugestivos. Al final del pasillo del segundo piso, antes de entrar a la biblioteca, en un armario de cristal, se guardaban bajo llave las «obras patrias». Así llamaba el Sargento de Bronce a las ediciones de Bachiller y Morales, de Arango y Parreño, de Tomás Romay, del presbítero Félix Varela, de José Martí, de Enrique José Varona. Tres bustos, que también parecían de bronce debido a un buen trabajo de yeso y a una pátina de un dorado tramposo, ajustaban los libros del padre Varela, de Luz y Caballero y de Salvador Cisneros Betancourt, marqués de Santa Lucía.

Recuerdo que, una noche, necesité un tomo de Martí para una composición de la clase de historia. Levanté el primero de los bustos, el del padre Varela. Cayó el bulto con las diez primeras novelas, cuidadosamente guardadas dentro de la cabeza del filósofo y sacerdote, que fue el primero, y tal vez el último, que nos enseñó a pensar. En total había una colección de treinta y una novelas (diez por cada busto: la cabeza del marqués de Santa Lucía tenía una novela de más), en paquetes hechos con papel de regalo, logotipo de La Moderna Poesía. Las fui robando una por una, cosa que nadie se percatara de la ausencia. Y aprendí mucho con aquellos libritos de papel de estraza, tipografía irregular, fotografías borrosas y por lo mismo sugestivas, sobados por el uso, manchados por alguna sustancia blanquecina. Teóricamente al menos, aprendí bastante, muchas cosas que nada tenían que ver con la patria. O tal vez sí, puesto que, pensándolo bien, la patria es como Dios y puede estar en todas las cosas.

Nunca olvidaré las novelitas. Y la que menos olvidaré, la primera que leí. En ella se contaba la historia de un personaje llamado Epifanio. Guajiro huérfano, cultivaba tabaco en una vega cercana a San Juan y Martínez. Era una especie de titán de veinte años, admirado por todas las guajiras de la finca donde vivía. Hermoso, alegre, gigantón, tenía, como el excelentísimo embajador de República Dominicana en La Habana, don Porfirio Rubirosa, una robusta verga de once pulgadas de largo y el grueso de la muñeca de un hombre (años después supe que así lo había asegurado, del señor Rubirosa y para la eternidad, un escritor llamado Truman Capote.) Me gustó y turbó la palabra «verga», y en mi socorrido diccionario leí que así llamaban tanto a los palos de los veleros como al arco de las ballestas. También me gustó el primer episodio, aquel en que el incansable Epifanio de la novelita despertó a medianoche, unció los bueyes y salió a arar supuestamente la tierra. Antes de llegar al conuco tuvo algo más divertido que hacer. Se detuvo a escasos metros del sitio de Cundino Chávez. Ya desde que miró al cielo, tan oscuro y lleno de estrellas que nadie hubiera dicho que pronto amanecería, sintió cómo su miembro fabuloso comenzaba a despertar, debido sin duda al aire de la noche, a la proximidad del bohío, a los gozos secretos que éste prometía. Respiró hondo. ¿Necesitaría aquel viento con olor a cortezas de pino y hojas de tabaco? Cuando lanzó al aire un conseguido silbido de tomeguín, su miembro cobró mayor consistencia. Desde el bohío, y de inmediato, respondió el brillo momentáneo de un quinqué, repetido tres veces. A pesar de su corpachón, Epifanio se movió como una sombra por entre el rosal de Valentina Díaz, concubina de Cundino Chávez. La puerta del bohío estaba abierta. Al penetrar en la oscuridad del bohío, Epifanio supo que su miembro alcanzaba dos o tres pulgadas más y la intensidad de dos o tres latidos. Atravesó la salita. Una vela que iluminaba una imagen del Niño de Praga le ayudó a deslizarse entre los viejos muebles de rejilla. A la derecha, lo sabía, dormían los hijos varones de Cundino y Valentina. Al centro, junto a la cocina, Tinde, la hija mayor. A la izquierda, el matrimonio. Epifanio abrió con paciencia la cortina blanca del aposento de la izquierda. En medio del cuarto, la cama estrecha, de hierro, como de hospital. Casi desnudo, sólo con un calzoncillo que le llegaba a las rodillas, Cundino dormía casi al centro, boca arriba, boca abierta, con el vientre abultado como el fuelle de un acordeón; los ronquidos, eso sí, nada tenían de musicales. Valentina dormía, lo aparentaba, encogida como una niña, la bata alzada hasta la cintura; el blanco culo al aire sobresalía casi al borde de la cama. Detenido en la puerta, Epifanio escuchó los ronquidos de Cundino, y, por debajo de ellos, más hermosos, los sonidos de la noche. No era un ladrón y, al mismo tiempo, sí lo era. No estaba allí para robar dinero. Pensó, con lógica, que el dinero no era lo único que se podía robar. Con su sabiduría natural, el guajiro de San Juan y Martínez demoró lo más posible el momento de entrar. El narrador de la novelita aclaraba que Epifanio, sin saberlo, parodiaba a Giacomo Casanova (¿quién sería ése?, me pregunté entonces) al asegurar que, en el amor, nada podía compararse con ese inolvidable momento en que se detenía unos minutos ante la puerta. Bajo el dintel, mientras levantaba con suavidad la cortina, Epifanio supo que su miembro conseguía la precisión de sus once pulgadas. Dio un paso. Dos, tres pasos, sin dejar de mirar el culo blanco, nutrido, de Valentina, ni de escuchar los sonidos de la noche por debajo de los ronquidos de Cundino. Avanzó con sigilo hasta la cama y se creyó inmaterial. Bueno, no exactamente inmaterial, sino algo más complicado, entre invisible y palpable. ¿En qué estaría soñando Cundino?, se preguntó. Antes de abrir los botones de su portañuela, se preparó para la ceremonia. Porque debe haber siempre una ceremonia a la hora de sacar una pinga parada en medio de la noche de un bohío. Abrió bien las piernas; echó el torso hacia atrás. Su mirada pasó varias veces del culo de Valentina a la boca abierta de Cundino. Se acarició, después se apretó, a través del caqui del pantalón. Abrió uno a uno, con mucha calma, cada botón de la portañuela. Su miembro era tan grande que, endurecido como estaba, le costó sacarlo del pantalón. Cuando lo logró, le gustó la sensación que provocó en el miembro el frescor húmedo de la noche. Se escupió en la mano y se humedeció la verga con saliva, algo que intensificó la percepción de frescura. Se acuclilló. Cuando tuvo el culo de Valentina a la altura de su cara, escupió en él. Luego pasó la lengua por la raja ligeramente sudada y de sabor dulzón. Aunque ella intentó contener el estremecimiento, se estremeció. Cundino dejó de roncar, depositó la mano abierta sobre su pecho, justo encima del corazón. Pareció como si aprobara lo que sucedía al borde de la cama. Epifanio no se amedrentó. Continuó humedeciendo la raja de Valentina, quien levantaba ligeramente un muslo para hacerle más fácil el trabajo. Epifanio se irguió. No supo si su verga se deslizaba por entre los muslos de Valentina, o eran los muslos de Valentina los que se apropiaban de su verga. Los ronquidos de Cundino se reanudaron acompasados, protectores. La mujer lanzó un breve suspiro; se movió, se acomodó. Epifanio sintió cómo sus once pulgadas desaparecían en un refugio suave, húmedo, de una humedad amable y viscosa. Sus manos sujetaron la cintura de Valentina; empujó, como si quisiera explorar las profundidades de aquel cuerpo. Como en sueños, la mujer besó el hombro dormido de Cundino; levantó otro poco la pierna; comenzó a mover las caderas con suavidad, casi al ritmo de los ronquidos del concubino dormido. Epifanio miró el techo de guano, las banderitas de retales en colores que solían colgarse de los altos travesaños para tener conciencia de la brisa. También escuchó un largo aleteo. Pensó: Una lechuza, buen presagio. Se creyó el dueño de todas las vegas de San Juan y Martínez. Se equivocaba y, como sabemos, no se equivocaba. Existe un poder directamente proporcional al recorrido (a lo largo y a lo ancho) que se logra al penetrar un cuerpo. Las veintisiete páginas siguientes seguían narrando las peripecias de este nuevo rey de los campos de Cuba, el joven y prodigioso Epifanio, de casa en casa, por las madrugadas de las vegas dormidas. Y no tan dormidas.

Con el título *Historia del voyeur*, había otra novela en el interior del cráneo vacío del marqués de Santa Lucía. Yo, Fernando-Victoria, busqué en mi diccionario francés-español, y supe que *voyeur* quería decir mirón, una especie de espía. Pero cuando me adentré en la narración, entendí que la palabra no designaba a cualquier mirón. No bastaba con mirar para ser *voyeur*, sino que había que reunir determinadas peculiaridades. Levantarse, asomarse a la ventana para descubrir cómo amaneció la mañana, eso no convierte a nadie en *voyeur*. La mirada debe demandar algo especial y gozar con su contemplación. Hay que permanecer en la sombra; ser sujeto que observa y no pasar nunca a la categoría de sujeto observado. *Voyeur:* mirón que se esconde, rascabuchador. No desea, de ninguna manera, que el otro adopte poses, artificios propios del observado. Al *voyeur,* tan sofisticado, lo distingue la búsqueda de la sencillez y la espontaneidad. En cuanto se sabe descubierto, en cuanto atisba el menor trazo de postura, de afectación, se aleja, tan abatido como desinteresado. Un ser que ni participa ni busca participar. Su placentera actividad es la pasividad, la quietud conforme y punzante de su mirada. Tan falto de generosidad que sólo entiende el mundo como una serie de objetos en exposición. Y, claro está, es también un hombre (o una mujer) lleno de miedo. El miedo a ser descubierto. El terror de pasar de lo impalpable a lo tangible, de lo vago a lo concreto. Ese

88

miedo agrega goce al goce de mirar. Y aquel miedoso, resuelto y borroso *voyeur* de la novelita, llamado (sin excesiva imaginación) a veces el Cocuyo, a veces el Águila, solía pasearse por la Playa de Marianao, que entonces era un paraíso para *voyeurs,* así como para *homos faber* y *homos ludens* y todos los *homo* que se quiera. Tenía su principal puesto de observación en La Concha, por aquellos años el balneario más popular y divertido de la Playa de Marianao. Paseaba por la orilla del mar, desde el extremo en que La Concha se unía con el Círculo de Oficiales del Ejército, hasta el gran muelle que separaba La Concha y el Havana Yacht Club. Hacia la izquierda, hacia el Círculo de Oficiales, si hubiéramos mirado hacia La Concha desde el mar, desde un yate o desde el monumento al coñac, aquella enorme botella de Terry Malla Dorada que se alzaba en medio del mar, con sus dos trampolines, habríamos descubierto un espacio arbolado, de pinos y uvas caletas, detrás del cual sobresalían la enorme montaña rusa, la gran estrella, el avión del amor, del Coney Island. La arboleda era el lugar preferido por el Cocuyo para hacerse invisible y mirar a sus anchas. Allí se convertía en algo áspero y oscuro, como los troncos de las uvas caletas. El gran empeño de sus inquietos y precisos ojos: las chicas. Muchas veces, para huir del sol y su más peligrosa proliferación en los reflejos de la arena y del mar, ellas se alejaban del agua, de las sombrillas inútiles, se adentraban entre la vegetación y se quitaban el gorro de baño. Este simple acto, el de quitarse el gorro y mover con fuerza la cabeza para que el pelo recobrara sus ondulaciones, provocaba en el rascabuchador un enorme entusiasmo. Se vanagloriaba entonces de su sabia decisión a la hora de elegir un short grande y ancho, dos tallas mayor, porque así nadie podía notar las palmarias manifestaciones de su excitación. Sin sentirse observadas, y aunque tampoco les habría molestado en exceso descubrir la mirada del *voyeur,* las caribeñas se echaban a la sombra con despreocupación aún más enardecedora, dormían, bebían Coca-Cola, conversaban, fumaban, cantaban, se untaban aceite de coco, miraban al mar, dormidas o como dormidas, sumidas en un pródigo letargo, amodorradas por el calor. El azul encantador del cielo tropical, del mar tropical, aquella belleza implacable y horrible que nada tenía de «serenidad», actuaba como un narcótico. Era como si cuanto hacían no fuera habitual, cotidiano, sino algo trascendente y, también, otro modo de gozar. Él se contentaba con reconocer las formas femeninas. Vestidas con trusas de colores vivos, pespunteadas con abalorios y motivos marinos, las mujeres poseían mayor magia que si hubieran estado completamente desnudas. Como buen rascabuchador, el Cocuyo, el Águila, carecía de cánones. Cantaba incluso, por lo bajo, una canción de Paco Michel que entonces hacía furor, y en la que el cantante decía que le gustaban las altas y las chaparritas, las flacas, las gordas y las chiquititas, solteras y viudas y divorciaditas... También solía fingir interés por los fondos marinos. Había sacrificado su escasa fortuna para comprar una máscara de buceo y un esnórquel. Nadaba a ras del agua por entre los bañistas. Carecía de importancia que las playas de Marianao hubieran sido corregidas con arena traída desde alta mar; además, con el uso masivo, en los balnearios, que tenían más de cien años, apenas quedaban peces, algas, erizos, y menos aún corales y pecios. Pero siempre había dos o tres buzos nadando, simulando que miraban o admiraban la arena. Siempre eran hombres. Se conocían entre ellos, se saludaban, se respetaban. Cada cual respetaba la zona marina de cada cual. El Cocuyo, o el Águila, se convertía entonces en el Tiburón. ¡Qué gusto mirar los muslos desnudos! Que fuera un placer poco laborioso, y hasta puede decirse que cándido, no lo desalentaba. El *voyeur* pensaba que la mirada era tan poderosa como el tacto. Bajo el mar, las piernas femeninas adquirían una hermosa ingravidez. Andaban sobre las puntas de los pies, como bailarinas ingenuas, y las piernas se alzaban, se movían con esa gracia que pisar la tierra impedía. También, al desdibujarse, disminuían las imperfecciones, y las pelvis se apreciaban promisoriamente abultadas. Distinguía el temperamento de una mujer por el modo de mover las piernas bajo el agua. También por otros detalles: algunas, por ejemplo, no se rasuraban y sus pendejos se desbordaban por entre las patas de las trusas. Para el *voyeur* esto no era síntoma de vulgaridad, impudicia o desparpajo; cuando veía cómo los vellos oscuros y rizados escapaban alegremente de las trusas, suponía que se hallaba ante mujeres voluntariosas, con carácter. Había otras, en cambio, extraordinariamente delicadas, que quizá escondían el carácter tras un aspecto de femenina consideración. Lo cierto era que la protección del mar las hacía sentirse más libres. Cómo se paraban con las piernas abiertas o hacían gestos que no se hubieran permitido fuera del agua. Cómo se arreglaban las trusas en la entrepierna, o simplemente se tocaban, se rascaban, se acariciaban el bollo, exactamente como hacían los hombres con sus pingas a la luz del día. Experimentaba una especial emoción cuando veía que un líquido amarillento escapaba de allí y se iba diluyendo en el mar. A veces, no estaban solas. A veces, tras las piernas femeninas, descubría las masculinas. En esos momentos comprobaba cómo se contravenían los esquemas habituales. Bajo el mar, con la máscara y el esnórquel, se comprendía la falsedad de aquel corolario que definía a los hombres como conquistadores y a las mujeres como conquistadas. Allí, bajo el mar, las piernas echaban por tierra todos los esquemas. Fuera del mar, ellos aparentaban que conquistaban y ellas aparentaban que se dejaban conquistar, y en ese juego de apariencias todos quedaban satisfechos. Ahora bien, bajo el mar aquello cambiaba: eran muchas más las manitas femeninas que tocaban entrepiernas masculinas, que manotas masculinas que tocaban entrepiernas femeninas. En esos momentos, cuando ellas llevaban las manos a las trusas abultadas de los hombres, y tocaban y retocaban las pingas dormidas que despertaban poco a poco, el Cocuyo, o el Águila, por comprobar, emergía del agua: encontraba a un hombre con cara de el-poder-aquí-soy-yo, y a una mujer con deliciosa carita de yo-no-fui. Y para entenderlo, había que comprobar la vehemencia con que, bajo el mar, las delicadas piernas se enroscaban como serpientes entre las aparentemente autoritarias piernas peludas de los hombres. Una tarde, el buzo-*voyeur* descubrió un magnífico conjunto de dos piernas gráciles y otras dos piernas viriles que no correspondían a la típica pareja de mujer y hombre. Cuando las manos del (en apariencia) más viril bajaron la trusa del (en apariencia) más femenino, el *voyeur* descubrió que aparecía una pinga en lugar de un bollo. Una pinga pequeña, núbil, rodeada por pocos pendejos, acaso sin desarrollar completamente, que contrastaba notablemente con la otra. El *voyeur* emergió un instante. Vio a un conocido bugarrón de la Playa de Marianao tras un rubiecito joven, adolescente, con linda carita de hijo de buena familia, y volvió a sumergirse. El tolete del bugarrón dio algunos tanteos en el culito del chico. El culito del chico se empinó para que el tolete entrara con resolución. El *voyeur* volvió a emerger. Observó sin pudor la escena, porque el muchachito no le hacía caso y el bugarrón lo miraba con desafío o descaro, con cara de a-ti-qué-coño-te-pasa, y de si-quieres-mirar-miras-pero-te-callas. Al principio, el chico no aparentó placer alguno, pero al cabo de unos segundos cerró los ojos y se mordió los labios, transportado por el éxtasis, con cara de santa a punto de alcanzar la vía unitiva. Más tarde, al anochecer, el Cocuyo se paseaba por el Coney Island. En rigor, carecía de mérito ejercitar la mirada en aquella gran feria. Pasar inadvertido entre aquella multitud en busca de regocijo fácil era demasiado sencillo, no exigía audacia. El rascabuchador, cuando es profesional, necesita saberse audaz. Le gusta saber que sus mecanismos de camuflaje resultan eficaces. Por otro lado, entre el gentío y las máquinas del parque de diversiones, las sayas se alzaban con extraordinaria naturalidad. Era corriente ver un blúmer, o ningún blúmer: bollos desnudos y oscuros y hermosos y bien hechos, apetecibles como panes. El *voyeur* necesitaba recorrer un camino de obstáculos antes de clavar los ojos en la presa. Unas piernas acuclilladas y abiertas, por ejemplo, un bollo que se abría para dejar correr un sano chorro de orine, no debía ser estropeado por la facilidad, o peor aún, por la banalidad. A mí, lector de la novelita, me gustó descubrir que, según el diccionario, la palabra «bollo» designaba un pastelito, un pan. Era una palabra, por otra parte, que siempre se decía con malevolencia (¡vete a lavar el bollo!, ¡que te rompan el

94

bollo!, ¡el bollo de tu madre!) y por lo bajo, como si escondiera algo de diabólico. No obstante, ¿podía haber palabra más hermosa? Un bollo era un pan. Gran homenaje a la mujer, si a aquello que poseía entre las piernas se lo comparaba con algo tan apetecible. Sin embargo, lo mejor para el Cocuyo lo esperaba en la noche de la Playa, en los bares, en el Rumba Palace, el Himalaya, el Panchín, el Pennsylvania, La Choricera o La Luz que Agoniza. Por detrás, rodeando aquellos bares, se alzaban las posadas. En Cuba, una posada no era, o es, exactamente lo que se conoce por tal en otros países. Si posada es un «lugar donde por precio se hospedan o albergan personas, en especial arrieros, viajantes, campesinos», en Cuba posada es «un lugar donde, pagando, se va a singar». En la posada cubana a nadie se le ocurriría ir a dormir. Vuelvo al Cocuyo, o al Águila, rondando calles oscuras, bares, posadas, con una idea fija, aunque ignorante, por fortuna, de si semejante idea tendría la ocasión de hacerse realidad. La incertidumbre, la divina inseguridad, era otro de los goces de este *voyeur*. En el parque cercano a la capilla del Gran Poder, había varias parejas sentadas en los bancos. Se besaban, se acariciaban, casi al unísono, como si respondieran a una coreografía. El Cocuyo pensaba que el amor tenía eso, su lado de baile. A veces hasta le daban deseos de aplaudir. Sólo que el aplauso habría resultado contraproducente para sus deseos de *voyeur*. Cierta noche se acercó a

95

un laurel frondoso. Sintió que irrumpía en aquella oscuridad botánica como quien bucea por el fondo marino. Con miedo, es decir exaltado, divertido y oculto. Una de las parejas se hallaba a dos metros, acaso menos. De primer momento, no vio, sino que escuchó. Acaso por primera vez se percató de que escuchar podía resultar tan gratificante como mirar. En ese instante, más que un *voyeur*, habría sido un *écouteur*. Chasquido de besos, como habría dicho un cantante venezolano. Con retórica de bolerista venezolano y de narrador de novelita erótica, así pues: chasquido de besos. O sea, labios que succionaban labios, dientes que mordían, lenguas contra (y a favor de) lenguas, confusión de salivas. La saliva mezclada con la saliva provocaba el rumor satisfecho de dos adultos que chuparan caramelos. El Cocuyo, o el Águila, notó que su tronco (así decía el librito: tronco; a veces, mandarria) se vigorizaba. Se la tocó y supo que lo enorgullecía el tronco, la mandarria que tocaba. El dueño de aquella herramienta se sentía corpóreo e incorpóreo. Nadie podía verlo. No obstante, si alguna mano se hubiera aventurado en la invisible sombra del laurel y de la noche, habría apreciado la vitalidad abultada, prepotente, de un buen tronco de hombre. Su boca, a su vez, salivó como a la vista de un plato de yucas y masas de puerco fritas. La pareja conformaba una sola silueta. Una de las cabezas se alzó al cielo. La femenina, sin lugar a dudas, porque el perfil delicado sólo podía ser de una mujer, y porque las mujeres tienen esa mística tendencia a identificar el sexo con el cielo. El hombre, por el contrario, más dado a la tierra, había bajado hasta el nivel de las tetas. El Cocuyo, o el Águila, fantaseó con que era él quien desabrochaba la blusa y recorría los pezones con la lengua. Hombre al fin (aclaraba el narrador), carecía de tetas y, por supuesto, de los pezones generosos que tienen las mujeres; a pesar de la carencia, el *voyeur* (y el narrador) podía comprender qué sentía una mujer cuando una lengua recorría sus pezones, creados para cualquier boca, no sólo la de los bebés. Las había visto enloquecer en numerosas ocasiones. El acto mismo de ofrecer la teta a un hombre reunía dos grandes triunfos: ser madre y ser mujer. Al mismo tiempo. El hombre que abría la boca y la llenaba con el pezón era un amante que se convertía en hijo. ¡Qué sensibilidad debía de reunirse allí, en aquella victoria del cuerpo humano que eran un par de tetas, para que ellas enloquecieran tanto! A veces, el mirón se mojaba los dedos y se los pasaba por sus pequeños pezones. No sentía gran cosa, cierto, aunque le servía para entender. En ese pequeñísimo goce se escondía la prueba de cuánto gozaban ellas. El perfil alzado de la mujer del parque constituía una prueba del placer que sentía. De algún modo tenía abrazada con ambas manos la cabeza del hombre como si se tratara de un recién nacido. Luego el Cocuyo, o el Águila, se percató de que el hombre se levantaba y obligaba a la cabeza de la mujer a inclinarse hacia su entrepierna. La obligaba a pasar del cielo a la tierra. De un acto nutricio a otro: por algo somos mamíferos, pensó el *voyeur*... Luego de las caminatas por la noche de la playa, El Cocuyo regresaba andando, tranquilo, a la soledad de su cama, de su cuarto de madera, por los caminos que bordeaban el aeropuerto militar. A esa hora se hacía nítido el olor del mar, del río con sus matorrales y sus cangrejos. También los olores a fosa de aquel barrio de pésimo alcantarillado al que llamaban Palo Cagao, y cuyo nombre se convertía en toda una insignia del coito retrospectivo, también llamado por los religiosos, con conocimiento de causa, «contranatura»... Nuestro infatigable *voyeur* se desnudaba, se acostaba feliz porque tanto lo visto como lo entrevisto volvía con el adorno y el júbilo del recuerdo. Mujeres en trusa; cabelleras desatadas; piernas y piernas y piernas y más piernas bajo el mar; pendejos asomando de las trusas; bugarrones partiendo culitos de loquitas adolescentes; caras de loquitas adolescentes de buena familia que parecían esculpidas por italianos; sayas levantadas; blúmers bajados; blúmers en colores; bollos peludos; tetas chupeteadas, pingas mamadas. Todo eso volvía, se hacía nítido, vertiginoso, como en una linterna mágica. Más feliz aún, se hacía una paja. La paja, explicaba el narrador, era el clímax del *voyeur,* su última y definitiva realización. Larga, demorada paja, con abundancia de masajeo, salivazos, resoplidos, jadeos. A cada instante se escupía las manos que pasaba por todo su miembro, se apretaba los cojones y con la yema del dedo medio se acariciaba levemente el culo cerrado, intocado por otro que no fuera él: la puerta de su hombría sólo se abría a sí mismo. Con cada apretón y movimiento, los recuerdos cobraban mayor nitidez. Se olfateaba las manos y el olor sudoroso de la pinga ensalivada lo enloquecía. Se chupaba el dedo que había tocado la puerta de su hombría, su culo. Coño, gritaba en susurros, porque un *voyeur* no sólo se oculta, tampoco quiere que se le escuche, quiere ser invisible y silencioso. Coño, balbuceaba, y manejaba su tronco, su mandarria, su trinquete, su bate, su verga, su nabo, su remo, y cuando el mar o el río se agitaban, cuando el bote parecía remontar la ola, apretaba, diestro, el único remo, que se convertía en el centro de su vida. Coño, mascullaba, y uno de sus recuerdos emergía con fuerza, se particularizaba en ese instante. Coño, mascullaba, y recordaba la linda cara del adolescente de buena familia, y era su pinga la que entraba en el culito, y su cuerpo se limitaba entonces a sentir. Un estremecimiento y Coño, decía, y algo se abría paso, se removía en su interior, el volcán, la lava de su volcán, un Etna hecho, y brotaba la leche caliente, mojaba sus manos. Coño, coño, susurraba al fin, y terminaba el viaje, exhausto, tras haber pasado horas mirando, oyendo y vuelta a mirar, para luego imaginar, horas que acababan en un brote de leche tan breve como intenso, una suspensión del ánimo y qué gusto. Concluía así el viaje solitario. Ni siquiera le quedaban ánimos para levantarse. No se limpiaba porque no hacía falta. Que la leche se secara en su piel y los ojos se cerraban sin que se diera cuenta. Pensaba: Mañana... Aunque no, no había pensamiento. La palabra «mañana» era sólo eso, una palabra, y quedaba suspendida en medio de la oscuridad. Ni siquiera le alcanzaban las fuerzas para un suspiro y un anhelo, la llegada del próximo atardecer, del próximo paseo.

Otras sorprendentes novelitas aparecieron en las útiles cabezas vacías de los próceres. Para algo sirven los próceres, pensé. Como siempre sucede, algunas eran memorables, otras no tanto. Recuerdo una, extensa y tediosa a pesar del fascinante mundo que intentaba relatar, cuyas protagonistas eran veinte lujuriosas monjas de clausura en un convento de Segovia, durante los bombardeos de la Guerra Civil. Un tanto pretencioso, el autor no se limitaba a contar, quería además exponer la tesis, acaso cierta, de que la lujuria era directamente proporcional a la dificultad de los tiempos, o sea que durante guerras, epidemias, crisis financieras o catástrofes naturales, el deseo se incrementaba hasta límites insospechados. Un poco más divertida, y tal vez esgrimiendo la tesis contraria, otra novelita mostraba la intensa vida sexual de los monjes budistas del Tibet. Tres parodias llamaron mi atención: *The Pilgrim's Progress, Las angustias del joven Werther* y una tercera llamada *Comentarios sexuales del Inca Garcilaso.* Con su título de pésimo gusto, *Ñoña Bárbara* desarrollaba en clave sexual el tema de la civilización contra la barbarie. *Suerte en Venecia* relataba las ocurrencias de unos libertinos durante el célebre carnaval. *La violadora,* como indicaba el también poco ingenioso título, narraba la inverosímil historia de una mujer que se dedicaba a violar hombres en las noches cabareteras del Berlín de los años treinta. *Rosalía* refería, con minuciosidad casi científica, la vida de una mujer adinerada que singaba con siete mandriles (uno por cada día de la semana) que convivían con ella en su lujosa mansión de El Cerro. *La cucaña del tío Tom* detallaba las gloriosas aventuras de un negro esclavo en los campos del central Delicias. Había remedos de *Las mil y una noches,* de *Martín Fierro* y del *Popol-Vuh.* Muchas se desarrollaban en cárceles de Filipinas o en hospicios de Londres. Una, realmente simpática, iba de vampiros en la inevitable Transilvania. Al menos tres tenían como marco La Habana del siglo XIX; otra se desarrollaba en un pueblecito habanero llamado Punta Brava, y otra aun en un pintoresco pueblecito camagüeyano, al borde de la Laguna de la Leche. Dos más hablaban de la vida en los barcos: la más chapucera, de un bajel pirata por El Caribe, se titulaba *Diez cañones;* la más enigmática transcurría a bordo de un pesquero noruego cuyo capitán, llamado Nut, embadurnaba con aceite las vergas de sus marineros para chuparlas después con fruición. Bajo el título de *La batalla de Mal Tiempo,* cierta novelita describía una orgía mambisa después de una batalla famosa.

Las novelitas más fantasiosas no me produjeron entusiasmo. Cuanto más realistas, más me gustaban. La causa de mi avidez de realismo tal vez tuviera que ver con dos necesidades: la de aprender y la de vivir lo que la realidad aún no me ofrecía. Y quizá por esas dos razones caí en el confuso candor, propio del lector inmaduro, de creer que lo fantástico era falso, y que lo realista era verdadero. Aún no sabía que el realismo, cualquier realismo, resultaba imposible. En aquellos años no pensaba en términos de escritura, ni siquiera de escritura erótica. Tampoco pensaba que aquella adolescencia para que fuera completa, para llegar a ser absolutamente, debía ser escrita. Estoy hablando ahora de una colección de treinta y una novelitas pornográficas simples y bobaliconas, algunas extraordinariamente baladíes; otras más que eso, escritas con los pies. Si tuve la paciencia de leerlas todas fue por lo que he dicho, así como por el goce añadido que me procuraba lo prohibido. Aquélla era una herejía doble: eran libros de mi padre y habían sido extraídos de las cabezas insignes de los próceres. Y sacaban a la luz algo sobre mi padre, desacralizándolo: el sargento no era tan de bronce como pretendía.

Encontré un librito con título de importantes resonancias presidenciales: *El mocho de Camajuaní*. Así le decían a Gerardo Machado y Morales, quinto presidente de la República de Cuba y primero de sus tiranos (no muchos —la República tiene cien años—, aunque sí tenaces como las epidemias). Le llamaban de este tosco modo porque había nacido en ese pueblo de la provincia de Las Villas, cabecera de municipio, y porque era mocho, es decir, le faltaban tres dedos de una mano. El hombre tenía fama de mujeriego. Eran célebres sus conquistas amorosas, fuera de la sagrada institución del matrimonio, en la cercana provincia de Matanzas. La novela contaba una de esas experiencias extramatrimoniales. La narraba, en primera persona, su secretario particular. Al asistir a una representación artística de estudiantes en el instituto de segunda enseñanza de La Habana, en homenaje a la Madre Patria, quedó fascinado por una bailarina folclórica española. La bailarina, delgada, grácil, soberbia y pálida, alzaba retadora la frente y zapateaba el flamenco como nadie. Terminada la función, el presidente pidió a su secretario que le enviara a aquel esplendor a sus habitaciones privadas. El burócrata, acostumbrado a tales peticiones, no dudó en cumplir lo que se le ordenaba. Pero resultaba que la bailarina que se hurtaba, se quebraba y giraba con tanta gracia, no era una bailarina, sino un bailarín. El secretario regresó a la oficina del primer mandatario, se cuadró ante el hombre más importante de la isla y reveló el verdadero sexo de la artista, del artista. El presidente Machado lo miró con cara de asombro. Y a estas alturas del siglo, dijo, y a estas alturas de mi vida, eso ¿qué importancia tiene? Y con sutileza que habría asombrado al poeta Martínez Villena recalcó: Hay que saber adaptarse a estos tiempos confusos y a los tiempos confusos que vendrán. El bailarín vestido de bailarina entró, pues, en los recintos privados del primer mandatario. El resto de la novela no sólo habría asombrado al poeta Villena, sino que habría hecho las delicias de Proust: era el relato de lo que escuchaba el secretario tras la puerta del gabinete del palacio presidencial.

También había novelitas extraordinariamente prácticas, como la de aquella francesita que supo mamar hasta la muerte (ajena). *Dramatis personae:* una francesa joven, guapa, de Beaucourt; y un hombre de cincuenta y nueve años, nacido en Le Havre. Tiempo de la acción: noche de febrero de un lejano 1899. Lugar: un imponente palacio de París. He aquí los hechos: carruaje que se detiene a mitad de la calle. Joven que desciende con la cabeza oculta bajo una capota negra. Lacayos que, advertidos de la llegada de la muchacha, la hacen pasar a salón elegante, con iluminación escasa: la de velones sobre candeleros de plata. Ante un buró estilo Luis XV, el anciano (en esa época, con cincuenta y nueve años ya se era anciano) trabaja. La llegada de la hermosa jovencita de Beaucourt ni lo sorprende ni lo distrae del trabajo. Ni siquiera levanta los ojos del papel que lee. Su expresión es la de quien conoce su importancia y la infinidad de asuntos valiosos que de él dependen. Aunque es viejo, se le ve todavía atractivo, con los ojos grises un tanto impíos, y el buen porte, y el poco pelo blanco peinado y repeinado con brillantina, y el abundante bigote blanco de puntas hacia arriba, y la chaqueta y el chaleco de seda. La hermosa jovencita de Beaucourt se desnuda lentamente, también consciente de su valía. Cuando ya está «como su madre la trajo al mundo» (así dice el narrador, aunque cualquiera sabe que su madre no la trajo al mundo con este soberbio perfeccionamiento), avanza hacia el retorcido buró Luis XV. Se tira al suelo. Se desliza en cuatro patas, con la gracia de un felino, hasta colocarse bajo el buró. El anciano sólo está vestido de cintura para arriba. Su *queue,* su *bitte,* las exquisitas palabras para designar leño, pinga, verga, bate, mandarria, nabo, varilla, tronco, reata, mandao, polla, ñema, vara y morronga, está tiesa, dura, llena de sangre. O como diría Ballagas en su famoso poema: Una cosa que crece como una llamarada que desafía al viento, mástil, columna, torre, en ritmo de estatura... No importa cómo las llamemos: todas se endurecen igual. A los cincuenta y nueve años, las *bittes,* como las ñemas, aún saben llenarse de sangre. La joven de Beaucourt admira el bastón de mando de la Tercera República. Se dispone a darle gusto con su boca. La novelita ofrecía entonces un Decálogo del Perfecto Mamador, en el que no me detendré de momento, sino luego, cuando hable de Héctor Galán, el *pitcher.* Porque, en ese instante, ella empapa con su saliva el bastón de mando y, gracias a un complicado manejo de labios y lengua, provoca un placer que va de la joven al anciano y del anciano a la joven, y tanto la muchacha de Beaucourt como el anciano de Le Havre gozan mucho. Tanto gozan que el corazón del anciano no resiste. Se detiene. De puro goce. Muere en el mejor momento, en el que cualquiera quisiera morir. El Primer Ciudadano de la Tercera República Francesa, el señor presidente Félix Faure, muere con la *bitte* viva, sorprendentemente viva. La muchacha de Beaucourt, Marguerite Jeanne «Meg» Steinhel, más tarde llamada Lady Abinger, no sabe que el Primer Ciudadano ha muerto y continúa aplicándose con su lengua y sus labios en aquel leño presidencial. Hasta que, pasado un rato, se pregunta: Y esta noche ¿qué sucede?, ¿no hay leche presidencial? Es febrero de 1899. Una vez más, Francia puede sentirse orgullosa y repetir hasta la fatiga que «le jour de gloire est arrivé».

Con La Habana de principios del siglo XX como escenario, otra novela contaba la vida secreta del senador Z., viejo abogado que había peleado a las órdenes de Antonio Maceo en la guerra del 95 y había alcanzado el grado de coronel. El hombre amaba por sobre todas las cosas a su esposa, una delicada mujer de origen francés, aunque nacida en María Galante, treinta y dos años más joven, a la que la flor y nata habanera conocía como la senadora Z. Vivían en un palacio de estilo sevillano en la calle Empedrado, cerca de la catedral. Carecían de hijos y llevaban una vida aparentemente ordenada en el caserón con patio central y siete habitaciones. La senadora Z. se ocupaba en llevar los archivos del senador Z, le escribía los discursos, organizaba la vida social. Disponían de una cocinera, dos criadas y un mayordomo. Al mayordomo le llamaban Baraxil. A pesar del nombre, no era vasco, sino mulato, de Guadalupe. Tenía treinta y ocho años y también había llegado de María Galante. Desde adolescente trabajó de marino en un barco que transportaba café por El Caribe. Salvo el senador Z., nadie sabía que Baraxil era medio hermano de la senadora Z., hijos de la misma madre, una francesa que se dedicaba a la exportación de plátanos. Ella, nacida de padre francés; él, de un antiguo esclavo. Nadie sabía tampoco que el senador Z. y los mediohermanos compartían, además, la cama por las noches. Cuando el matrimonio Z se retiraba a dormir, Baraxil recorría la casa para atrancar puertas y ventanas. Después daba de comer a los perros, a los conejos de la señora, y a las múltiples cotorras. Al acabar se iba al traspatio. Tenía por costumbre desnudarse, echarse por encima varios cubos de agua y quedar esperando que lo secaran la noche y el terral turbio que, desde los arrabales, bajaba a la bahía. Desnudo, subía entonces al piso alto, donde los senadores lo esperaban en su habitación. Ella, desnuda en la cama con la lámpara encendida y un libro abierto, que seguramente no leía. Él en una butaca, con una bata, fumándose un tabaco. Baraxil empujaba la puerta y se deslizaba silencioso en la habitación sin que ninguno de los senadores pareciera darse por enterado. El mulato se tendía suavemente junto a la mediohermana. La alcoba quedaba quieta, en absoluto silencio. Sólo el humo del tabaco del senador se deslizaba en círculos hacia la luz. Al cabo, la senadora Z. dejaba el libro sobre la mesita de noche, suspiraba. Se volvía hacia Baraxil, lo besaba en la frente, en las mejillas, en el cuello. El mulato continuaba inmóvil. La única prueba de que no se había dormido era la pinga que apuntaba rígida hacia la barbilla de su dueño. Ella acariciaba el pecho lampiño. Primero con las manos, después con los pezones. Los guiaba por el pecho, por la cara del mediohermano mulato. Él chupaba. Ella abrazaba a Baraxil. Se besaban. La boca de ella desaparecía en la de él. La mano de él se perdía entre la oscura entrepierna de ella, sacaba los dedos húmedos, los ofrecía a la mujer y ella los lamía. Se besaban. Les gustaba besarse. Se quedaban inmóviles, labios y labios, lengua y lengua, mezclando salivas. Unas veces ella mordía suavemente los labios de él; otras, era él quien mordía los de ella. Ella pasaba su lengua por los dientes de él. A él lo complacía sentir la lengua de ella untada por su propio flujo vaginal. A ella le gustaba que él ofreciera la lengua redondeada, como la cabeza de su pinga. Él la obligaba a permanecer acostada. La miraba largo a los ojos, como el domador que finge amansar una fiera domada. Ella afirmaba, fingía fiereza. Baraxil recorría con los labios y la lengua el cuello de la senadora Z., bajaba por los pechos, por el vientre, se detenía alrededor del ombligo. Ella empujaba con impaciencia la cabeza de él y abría las piernas. Él aparentaba que hacía caso y llegaba hasta el límite mismo de la pendejera, y cuando parecía que hundiría su boca entre los bezos empapados, regresaba al vientre, a la cintura, volvía a demorarse allí. La senadora se quejaba como si la estuvieran torturando. La estaban torturando. Él la mordía, le pedía que se callara. Ella lo llamaba mal nacido, hijo de perra. Aquí la única perra eres tú, replicaba él en susurros. Dios te va a castigar, soltaba ella entre gemidos. Éste es el castigo, respondía él cuando veía que ya ella no podía aguantar más y hundía por fin la lengua en el bollo (deseado y deseante), que más que un bollo parecía una esponja empapada en el aceite de un pescado. Sólo entonces el senador Z. dejaba el tabaco en el cenicero. Se quitaba la bata con parsimonia, casi con pereza, e iba hasta el pie de la cama. Le gustaba demorarse allí, porque en esos momentos es cuando encontraba a su mujer más hermosa. La desesperación del placer, el placer de la desesperación, la embellecían. Veía sus tetas abiertas como dos mameyes. Veía la cabeza de Baraxil entre los muslos de ella, el negro pelo del mulato, su espalda oscura, musculosa, sus nalgas también musculosas, oscuras, empinadas; los cojones, negros, que sobresalían entre los muslos recios, lampiños, los cojones como dos granadas negras (el narrador estaba obsesionado por las frutas). Granadas, huevos, timbales, cataplines, pelotas, verocos, cojones apetecibles, los del mulato Baraxil. El senador Z. comprendía cuánto había aprendido el cuñado la lección. Había aprendido a conocer el valor ardiente de la serenidad. No hay que precipitarse en las batallas. El enemigo más fiero cae rendido con tesón, ecuanimidad y aguante, mucho aguante. La calma irresistible debía concentrarse, como una fuerza. Según el narrador de la novelita, el erotismo y la literatura tenían en común la frialdad con que debían dominar el ímpetu, la fogosidad, la impaciencia. Así como no era lo mismo saber usar una pluma que saber escribir, así tampoco acostarse, menearse, venirse (o correrse), podía ser un sinónimo de templar. Coger con las manos el miembro propio nunca asegura el buen uso que con él se haga. El erotismo, escribía el didáctico narrador, esa literatura del sexo... En la cama (llámesele cama a cualquier lugar donde se singue, se folle, se coja, se tiemple, se quimbe o se culee), como en la página (llámesele página a cualquier lugar donde se escriba), no vencía el más violento, sino quien mejor controlaba, disciplinaba, dosificaba la sabiduría, la exquisita tortura y la violencia amable. Dulce veneno que matas lentamente..., cantaba el senador. Sólo con práctica, con mucha práctica, se alcanzaba destreza, se dominaban las pasiones. Baraxil había aprendido la lección. Aunque, sin duda alguna, también la senadora había contribuido al aprendizaje de aquel mediohermano que la mordía y la chupaba como un experto. El muchacho impulsaba la lengua con lentísima rapidez, como un buen actor conocedor de la importancia del ritmo y de las pausas. Se alejaba, volvía y se alejaba. Del cuello a los senos, de los senos al ombligo, a la cintura, de los muslos otra vez al bollo empapado. Ella gemía. Él no parecía escucharla. El senador Z. se arrodillaba junto a la cama para apreciar mejor la faena lingual del muchacho. Cuando consideraba llegado el momento justo, acercaba la mano abierta a la boca de Baraxil, quien escupía la mano del senador Z. El senador agregaba de su propia saliva a la saliva del otro y empapaba la pinga del muchacho. Sostenía en su mano la pinga mojada. La conducía hasta el bollo abierto de la senadora Z., la movía entre los labios verticales. Ella se empinaba. El senador Z. colocaba una almohada bajo las nalgas de ella. Ella alzaba las piernas, se abrazaba al muchacho. El senador Z. dejaba que la negra pinga de Baraxil entrara con un vigor que contuviera tanta suavidad como rapidez: la delicada impetuosidad que él le había enseñado. Hombre, mujer, hombre-mujer, mediohermanos, un solo cuerpo, dos tonos de piel, un solo cuerpo que comenzaba a moverse. Entonces el senador Z. se erguía, se desplazaba por el aposento con igual lentitud. Observaba la escena desde distintos ángulos. Terminaba colocándose tras la espalda de Baraxil. Desde allí controlaba el movimiento, el ritmo esencial del movimiento. Tocaba la espalda de Baraxil cuando creía que se meneaba con excesiva rapidez; daba dos palmadas en el hombro cuando exageraba la demora. *Metteur en scène* (tampoco el

112

galicismo es mío), el sabio senador Z. se apoderaba del diseño y la coreografía de la acción. Se podrá suponer que entonces se sentía aún más poderoso que durante aquellas cargas a degüello de la guerra y, por supuesto, mucho más entretenido que en las tediosas sesiones del senado de la República.

13

Aquellos días sólo tuvo un deseo: volver al claro del bosque.

D.H. Lawrence, *El amante de Lady Chatterley*

Para que no pierdas el hilo del relato, recordaré los principales elementos de esta historia: un adolescente (que soy yo) llamado Josán (con dos lados impetuosos a los que he querido nombrar Fernando y Victoria, por aquella novela de Miguel de Carrión), y que se echa cada tarde junto al pozo. Una familia tradicional; unas novelitas eróticas ocultas dentro de las cabezas de tres próceres de un país donde los bustos de los próceres pueden emplearse para ridículas retóricas patrioteras y para guardar cosas así; una hermana perversa, a punto de cumplir diecisiete años; del otro lado de la cerca, otro jardín, un jardinero. Es cuanto tengo. Semejantes piezas dieron lugar al puzzle que intento componer. O mejor, desencadenaron ciertas situaciones, cada vez más complicadas, que poco a poco dieron paso a la inevitable culminación y al desenlace. Exactamente como sucede en esa otra estructura dramática o narrativa que llamamos joder, templar, pisar, follar, tirar, coger, singar o culear, que siempre sigue la famosa tríada: introducción, nudo y desenlace.

No detallaré cada una de las peripecias, no hace falta; en muchos casos, además, carecen de relevancia. En cualquier historia, lo que importa es lo excepcional. En el cruce de miradas, admiraciones, mixtificaciones, cristalizaciones y verdades inciertas que conforman el amor, sí, el amor (y valga la palabra espeluznante y en desuso), hay algo, un rasgo que permanece inalterable y que lo vuelve único. Bastará, pues, con que me limite a referir las más apreciables, las que pudieran hacer de éste un relato singular, lo más singular posible. Repaso, elijo momentos culminantes, concentro en un solo atardecer el año que duró aquella relación entre un jardinero y un adolescente, una relación cercada por algunos prejuicios y unos gajos de guárana. De cuantos hechos tuvieron lugar, destacaré los que en verdad empujaron a una huida y a un encuentro, el encuentro que narro a continuación, en una destartalada casucha junto a un río llamado Marianao (o Quibú) que más bien parecía un albañal. Se oye una voz de hombre que canta:

Please, mister, don't you touch me tomato.
No, don't touch me tomato,
Touch me on me pumkin, potato,
For goodness' sake, don't touch me tomato.

Josán (que soy yo) está echado sobre la manta, junto al pozo. En su jardín, el joven jardinero va sin zapatos, sin camisa, con el viejo pantalón negro, recortado o deshilachado, hasta media pierna, en la cabeza el pañuelo rojo con dibujos negros, más negros a causa del sudor. Cava un hoyo para sembrar unas arecas crecidas. El calor es intenso. Por eso, a la sombra de los crotos, guarda un porrón de agua. De cuando en cuando se detiene, alza el porrón y bebe. El chorro de agua brilla al sol. El chorro brillante de agua no sólo llena la boca del jardinero, sino que se derrama sobre su pecho, le moja el vello negro del pecho, al parecer no por falta de pericia, sino por deseo de mitigar el bochorno. Debido al fuerte sol, da la impresión de que la tarde ha sido levantada con metales, espejos, trozos de cristal. Así, cualquier objeto simula el reflejo de otro reflejo. Las gentes, las plantas, las cosas parecen multiplicarse hasta el cansancio. También se vive como en otra realidad, o mejor dicho, como en otra irrealidad. Los árboles, las casas, las personas, tienen el valor de un desvarío. No son árboles, casas, personas, sino reminiscencias, sueños, descripciones, disparates. Consuela descubrir, en medio del bochorno de la tarde, la realidad de un hombre joven y hermoso en un jardín contiguo.

El jardinero orina. No es que orine en la imaginación de Josán (que soy yo), es que orina de verdad. No se oculta. Cualquier cosa que se haga, para que cobre realidad, debe ser bien vista por otro. La extroversión es una maniobra, un procedimiento. Y el jardinero, antes de orinar, se ha vuelto hacia mí. Hay en ese acto una mezcla de «sé que estás ahí» y «no me doy cuenta de que estás ahí», una postura ambigua que resulta enervante; ciertamente, los cubanos conocemos bien el extraordinario beneficio de la ambigüedad. Así pues, el ambiguo jardinero se desabotona la portañuela del viejo, negro pantalón. Lo hace con despreocupación concentrada, como si fuera lo más importante que está sucediendo en el mundo. Cosa que tal vez sea cierta. Abre las piernas. Inicia una imperceptible flexión de las rodillas. Inclina la pelvis levemente hacia delante. Tres acciones que, aunque se describen en secuencia, suceden al mismo tiempo. Saca el rabo con el descuido de quien muestra un trofeo. El rabo, como suele suceder, reproduce la estructura corporal del jardinero. Todas las pingas pequeñas se parecen; las grandes, lo son cada una a su manera.

¿Por qué es admirable una pinga grande? ¿Por qué debe alguien preciarse de lo que no depende de su coraje, de su voluntad, de sus méritos, sino de una sencilla concesión divina o, lo que es lo mismo, de una simple combinación genética?

Orina frente a Josán (que soy yo), sobre un macizo de adormideras que cierran sus hojas en cuanto el chorro las toca. El chorro es potente, o prepotente. Me digo que ver orinar a alguien nada tiene de excepcional; tanto en la vieja terminal de trenes, como en los muros que cercan el gran patio de la Escuela del Hogar, siempre hay algún hombre orinando, a veces dos o tres. Por razones obvias, ver orinar a una mujer es un poco más difícil. De todas maneras, Mina la Polaca, una vieja —había salido de Polonia, la pobre, huyendo del comunismo— que vive en el hogar de ancianos Conchita Gómez, abre las piernas y orina en cualquier esquina. Sin embargo, aclaro que es la primera vez que veo a alguien orinar con tanto orgullo, jactancia, sentido del triunfo. Una superioridad que afecta tanto al rabo y al chorro como al hombre que a ambos controla. Como si orinar no constituyera un acto rutinario y trivial, sino milagroso. Absorto, el jardinero sigue sin reparar en mí. Mueve el rabo; por consiguiente, el chorro va de un lado a otro, como si quisiera abarcar el completo macizo de adormideras. Después, con igual alarde se sacude. Quita con el dedo las últimas gotas de orine. Observa con curiosidad la oscura cabeza de su rabo. Pasa dos dedos por ella. Los huele. Se guarda el rabo, cierra la portañuela. Bosteza.

Se trepa al tronco de un cocotero y tumba algunos cocos. Luego salta y empuña su machete de mambí. De un preciso corte, los abre por uno de sus lados. Intenta perforarlos. Bebe el agua de coco. Me mira. Sonríe. Extiende hacia mí uno de los cocos. Yo también sonrío y digo que sí. En este caso la timidez me impulsa a actuar en sentido inverso: me levanto y avanzo hacia la cerca. El jardinero también se aproxima. Siento otra vez el olor de su sudor, un olor que, ya lo dije, tiene que ver con la tierra, las yerbas, las frutas, la manigua, el sol, la humedad, así como con cierto tipo de vida y con cierto modo de entenderla. Es un olor penetrante que me obliga a cerrar los ojos. Siento en mi cintura sus manos. Está sujetándome por la cintura, para alzarme y ayudarme a saltar la cerca. ¿Te gusta el agua de coco? Digo que sí con la cabeza. Siéntate. Nos sentamos sobre la hierba, el uno frente al otro. Los ojos del hombre son negros. Tienen un brillo de ironía, quizá de burla, que intimidan. Sin saberlo, acabo de tener una revelación: en el sexo, y hasta en el amor, el encanto del otro parece proceder de su peligrosidad; lo atractivo surge de lo amenazante. Los labios del jardinero son carnosos, sonrientes y, como luego sabré que siempre sucede, tienen el mismo color oscuro que vi en la cabeza de su pinga. Su barba cerrada lleva dos o tres días sin rasurar. Gracias a la oscuridad de los labios y de la barba, se destaca el blanco de los dientes. Mientras el hombre abre los cocos, observo, como quien no quiere la cosa, las tetillas abombadas. Las manos grandes, de uñas bien recortadas, misteriosamente intactas, como si no trabajara con raíces ni con tierra. Cuando alza los brazos, me fijo en las axilas. Creo advertir que hasta ese momento nunca he mirado las axilas de un hombre. Al menos no como lo hago ahora. No con la excitación de quien está accediendo a un secreto. Vello negro, desordenado, húmedo. El jardinero me ofrece el coco en el que ha hecho un orificio, para que beba. Alzo el coco y dejo que el agua llegue a mi boca, se derrame por mi cuello, por mi pecho. El jardinero ríe. ¿Cómo te llamas? Josán. Yo me llamo Daniel, pero me dicen Tito Jamaica. Lo miro; quizá entiende la pregunta que no hago. Así me dicen porque mi padre nació en Trinidad y Tobago. Ríe. Yo también río. Sin dejar de reír, el jardinero se desanuda el pañuelo rojo de la cabeza y se seca el sudor de la frente, de los brazos. Luego me tiende el pañuelo. Como no sé qué hacer con él, lo imito. ¿Eres familia del veterinario? Su hijo. Por supuesto, eres idéntico a tu hermana, ¿son jimaguas? No, ella es un año mayor, pero ¿conoces a mi hermana? Como a ti, de vista, a veces la veo pasar por Luisa Quijano, hacia el río. Sí, a mi hermana le gusta el río. ¿A ti no? No respondo porque no sé qué responder. Él toma el pañuelo, intenta secar con delicadeza mi pecho de adolescente y, como el pañuelo está humedecido, lejos de secarme, me empapa de su sudor, el sudor ajeno sobre el mío, mezclado con el mío. Vivo casi junto al Quibú, dice. Y pregunta: ¿Te gusta la jardinería? Digo que sí. Bajo la cabeza para que no descubra que miento. No creas que es fácil, dice, requiere cierta habilidad; además, hay que saber un poco del mundo, de los días, de las noches, de los vientos, de las lunas, de las lluvias, de las secas, ¿quieres que te enseñe a sembrar? Vuelvo a alzar el coco, dejo que el agua corra por mi cuello.

La tronada se confunde con los tiros procedentes de las prácticas del cuartel militar. El cielo se encapota, sin transición, y la brisa llega fuerte, con olor a fango, y levanta tierra y hojas secas. Comienza a llover. Tito Jamaica agarra el machete, me toma de la mano, me obliga a levantarme. Nos dirigimos lentos, como si no lloviera, hacia la casita de los aperos. Es bueno disfrutar del aguacero. Es bueno disfrutar de todo, y en especial de los aguaceros. Apenas tres o cuatro metros hasta la casita y estamos empapados y divertidos. Con tanta agua, las tejas parece que se van a quebrar. Las gotas corren por las maderas del cuarto pequeño, con piso de cemento, en el que hay un pico, una pala, un rastrillo, unas tijeras enormes, una larga mesa hecha de troncos, una silla de hierro y un viejo banco de iglesia. Detrás de la puerta, una gran foto de la famosa rumbera Rosa Carmina, con ese semblante que siempre tienen las rumberas, como si sufrieran por lo pequeño que les va el vestido. También, un espejo roto. Y en ese preciso instante, otro descubrimiento: las posibles realidades que se esconden en los espejos. Veo a Tito Jamaica de frente y al mismo tiempo de perfil. Me gusta que llueva, dice. Y veo cómo lo dice, de frente y de perfil; me percato de que si al otro lado del cuarto hubiera otro espejo, los ángulos se multiplicarían, quizá hasta el infinito. Respondo: A mí también. A ti también ¿qué? Me gusta que llueva. Si a los dos nos gusta la lluvia, contentos debemos estar, agrega, puesto que éste no es cualquier aguacero, tiene algo de final, como si ya no fuera a escampar nunca. Se sienta en la mesa y luego toca la superficie de ésta invitándome a que me siente. Obedezco, claro. Él levanta un brazo, lo pasa por sobre mis hombros. Siento el vello de su axila en mi hombro y experimento una sensación que no puedo definir: me siento indefenso y protegido, con gusto de experimentar semejante desamparo y protección. Vuelve la cara hacia mí, me habla de muy cerca. Cuando tenía tu edad, dice, siempre quería que lloviera para no ir a la escuela. Hasta mí llega su respiración, su aliento, el agradable olor de su respiración, cosa que me perturba todavía más. Hago un esfuerzo para no cerrar los ojos. Los ojos negros del hombre están fijos en los míos y creo percibir que sabe lo que provoca en mí, y no sólo creo que lo sabe, sino que sospecho que se lo propone. Me mira en silencio, sonriente, y con mayor certidumbre aparece en sus ojos el lado adversario-seductor, amigo-enemigo. Me cuenta los ardides que tramaba para no tener que ir a la escuela, para quedarse merodeando por el río, por el Monte Barreto, por la playa; eran días dichosos, recuerda, porque violaba una prohibición, y eso le hacía sentirse libre y feliz. Y escucho su voz fuerte, el tono bajo de su voz fuerte, y las palabras que escapan con su respiración, con su aliento, ahí, cerca, y cuando calla las pausas son largas y sabias, y cuando habla las palabras tienen una suave cadencia, como si no dijeran en realidad lo que dicen, sino algo que tiene que ver con nosotros dos, con nosotros dos encerrados en la casita de los aperos, bajo la lluvia, con su brazo apoyado sobre mis hombros. Tito Jamaica me cuenta: Nos bañábamos desnudos en los arrecifes, donde ahora está el hotel Comodoro. No habían construido el hotel y aquello era diente de perro, rompientes, con alguna hondonada de arena y uvas caletas; ocurre igual que en el resto del monte, que da la impresión de que por allí nunca ha pasado nadie. Sólo algún pescador, algún borracho, alguna pareja que buscaba esconder su fogosidad y a la que espiábamos, y, a veces, un viejo que acudía a pintar. También recuerdo hombres extraños, vestidos con trajes elegantes y sombreros, que miraban a los muchachos desnudos que éramos nosotros, con una rara sonrisa, como exploradores que hubieran descubierto una raza diferente. Precisamente allí vi la primera mujer desnuda de mi vida. Bueno, yo había visto a mis hermanas y a mi madre, pero ellas para mí no eran mujeres desnudas, eran mis hermanas y mi madre desnudas, que no es lo mismo. Un día bajé bordeando el campamento. Iba solo porque era domingo y los muchachos de la pandilla tenían que ir a misa. Yo no. Yo no iba a la iglesia, porque mi padre, como te he dicho, era de Trinidad y Tobago, hijo de indios, de indios de la India, y tenía una religión propia, aunque ya por esos años estaba viejo y casi no hablaba de Dios. El caso es que bajé solo, por el camino que circundaba el aeropuerto militar, y atravesé el monte, era una mañana silenciosa y bonita, la recuerdo bien. Tampoco ha pasado tanto tiempo, si acaso unos quince o diecisiete años, no más. Para ti eso ahora será mucho tiempo, pero ya descubrirás que no es tanto. Me sentí contento. Como si el mundo fuera mío, como si yo pudiera ordenarle cualquier cosa al mundo tan bonito de aquel domingo, y el día, el mundo, estuvieran dispuestos a obedecerme. Hay días así, muchacho, te lo digo yo, no importa cuánta gente haya en el mundo: el mundo es de uno y de nadie más. Son días en que te das cuenta de algo importante, días en que te dices: «Caramba, si yo nací para esto, para despertarme hoy y estar aquí ahora, en este preciso instante». Entiendes el misterio de las cosas, así, de repente. De modo que, dueño del mundo, bajé hasta la playa. Me desnudé, me lancé al agua. Y nadé. Abrí los ojos bajo el agua y descubrí el brillo de cientos de pequeños peces. El mar también era mío, por supuesto, y aquel resplandor, hasta el horizonte, mío también, por completo. Entonces, como para acabar de darme la razón, llegó la mujer. Llevaba un sombrero de paja, espejuelos oscuros y una cesta. Nunca olvidaré su ancha saya blanca, su blusa roja como con flores pintadas. Se quitó el sombrero y el pelo negro cayó sobre sus hombros. Me descubrió y me saludó con el sombrero. La saludé sin entusiasmo, pensé que si lo hacía quizá perdería mi fuerza sobre el mundo. Ella sacó una toalla de la cesta y la tendió sobre un trozo de sucia arena que formaba una calita. Cuando vi que, una prenda tras otra, se quitaba la ropa, me di cuenta de que ella también me pertenecía, que me obedecía. Sí, se quedó desnuda, desnuda y blanca sobre la arena sucia. Salí del agua. Yo también estaba desnudo, como te dije, y me paré en los arrecifes, observándola sin ninguna vergüenza. Yo tendría tú edad y me sentí como un hombre, un hombre hecho y derecho. Entonces, ella se acercó. Avanzó con una mano en la frente a modo de visera, y sonreía. No sólo era la primera mujer desnuda que veía, sino la más linda, no te miento. ¿No es peligroso bañarse aquí?, me preguntó. Le dije que no. Ahora no sé si se lo dije. En cualquier caso, ella entendió lo que dije o no dije. Acompáñame, me da miedo, pidió, ¿no hay erizos? No hay nada, nada malo, dije o no dije. No pude negarme a acompañarla. Le cogí una mano y le indiqué por dónde bajar al mar, y bajé con ella. Nadamos. Recuerdo que...

El brazo, sobre mi hombro, me atrae ligeramente. Escucho la lluvia. No va a escampar nunca. El calor húmedo de la piel de ese hombre joven me hace pensar en lo que ha dicho hace un instante: «Nací para esto, para despertarme hoy y estar aquí ahora, en este preciso instante». Cuando cae un aguacero, no hay pasado; tampoco futuro, sólo este presente que nos protege y eleva por sobre la fatalidad de un calor insoportable. Como decía una vieja canción oriental: Benditos aguaceros del trópico.

14

Cuando hacía una buena noche y podía escaparme sin que en mi casa se dieran cuenta, me llegaba al pozo ciego, saltaba la cerca con gajos de guárana y entraba a la casita de los aperos. Él ya se había marchado. Él continuaba allí. Cuando alguien posee una presencia tan fuerte, no desaparece con facilidad. La habitación no sólo guardaba las herramientas de trabajo, sino su olor y su energía. De un clavo colgaba la ropa de trabajo. Yo tomaba una a una las prendas sucias. Las olía. Durante mucho tiempo me contenté con olerlas. Sobre todo los calzoncillos, con aquel aroma especial, evocador, que mezclaba orines, sudores y otras cosas que entonces desconocía. Durante esas noches aprendí la relación que existe entre el hombre y su ropa, de qué modo la ropa se convierte en remedo de la persona. Aunque, por supuesto, lo que te enardece de unos te puede repugnar de otros. A mí, lo confieso, me enardecía el aroma de la ropa del jardinero.

Una tarde mentí, dije que me iba a estudiar a mi cuarto, y cerré la puerta con llave. Mi propósito era que todos se olvidaran de mí. Salté por la ventana. Era fácil saltar al patio por la ventana de mi cuarto. El alero que rodeaba la casa tenía la suficiente anchura como para andar por él; bastaba luego con bajar por las rejas de la ventana de un trastero que siempre estaba cerrado. Un pequeño salto y se caía entre helechos y jazmines. Fui al pozo ciego, tratando de que nadie me viera, ni el propio Tito Jamaica. Me aposté allí a esperar, pues sabía que él terminaba su trabajo en el jardín entre las cinco y las seis de la tarde. Y eran precisamente las cinco. No tuve que acechar mucho. Poco rato después lo vi salir con su pantalón recortado, una camiseta blanca con letras verdes que decían «Panadería El Roble, la Mejor de la Calzada Real», y unos zapatos apache de lona oscura. Salió por la cancela de la calle de atrás, con el paso lento, satisfecho, de quien tiene por delante mucho tiempo, una eternidad. Lo seguí. Caminaba como muchos cubanos, casi sin apoyar el talón, como si quisiera ir por el aire, balanceando el brazo derecho con más vehemencia que el izquierdo. Creo que iba cantando, quizá algún calipso, aunque eso no puedo asegurarlo. Yo lo seguía a una distancia prudencial, para que no se percatara de mi presencia. Cuando llegó a la esquina, bajó por la calle Medrano. Varias veces vi cómo se volvía para mirar a alguna mujer y le decía algo, un piropo supongo. Hizo un alto en la barbería de Joseíto el Cariñoso. La barbería estaba siempre llena de muchachos que, se cortaran o no el pelo, se reunían a conversar y a escuchar la música de película norteamericana de la barbería. A veces jugaban a las cartas y al cubilete. Siempre hablaban de mujeres y de conquistas gloriosas. Tito Jamaica fue recibido como un héroe. Hasta Joseíto dejó de cortar el pelo y lo abrazó con la tijera alzada, como quien muestra un arma de combate. El soldado Belarmino III, hijo del sargento Belarmino II, hizo un chiste que todos los presentes aplaudieron y rieron a carcajadas. Cuando pasó Nena Silvana, con su pantalón pescador entallado y su blusa de encajes, en la barbería se hizo un silencio. El único que reaccionó fue el jardinero: saltó la cerca, alcanzó a Nena Silvana y caminó junto a ella mientras le hablaba insinuante, acercándose a la mujer, inclinándose. Ella no hacía ningún intento de separarlo; al contrario, sonreía complacida, se contoneaba con mayor cadencia, alegría, satisfecha. Hasta de espaldas se notaba que su cuerpo iba gritando lo hermosa que se sentía. Sánchez, el de la quincalla, saludó a Tito Jamaica y le gritó: Se ve que te gusta comer bueno. Él le dedicó una sonrisa y un gesto que lo mismo hubiera podido significar «Tienes cada cosa» como «Vete a la mierda y no me jodas más, compadre». Nena y Tito se separaron frente a Eleusis, que es como se llamaba la librería de Rolo, junto a una finca que tenía nombre importante, la Isla. Rolo el librero salió de su tienda, llamó a Tito Jamaica y le entregó un paquete de revistas o algo parecido. El jardinero se inclinó con gracia, como ante un rey, y siguió su camino hasta la bodega de Plácido. A pesar de que Beny Moré no había llegado todavía, un grupo bebía y jugaba al cubilete. Por la radio se escuchaba a Paulina Álvarez, que con su voz cariciosa confesaba que había querido con alma de niño. Tito bromeó con Plácido, al parecer le contó un secreto. Bebió dos tragos, supongo que de ron.

Lo vi bajar después por el parque Buen Retiro, por las calles sucias que, desde el Hospital Militar, conducían al río. Comenzó a caer la noche. Marianao se dejó desaparecer en la oscuridad. Subió después la cuesta hacia la textilera, hasta que las calles volvieron a descender, se convirtieron en monte, ese lugar donde, cuando menos se piensa, aparece un espíritu. Pero nadie apareció, la luz de ese primer tramo de la noche era más rotunda que la alta noche. El silencio se extendía de una casucha a otra. Olor a raíces, a agua sucia, y un cangrejo pasó frente a mí. Tito llegó a la última casita. Empujó la puerta, que ni siquiera estaba cerrada. Salté por un lado estrecho del río y pude espiarlo tras un macizo de ítamorreales. Prendió un farol, se desnudó, salió desnudo con un balde de agua. Se echó el agua por encima. En las sombras, el cuerpo mojado tenía una mezcla de realidad y de ilusión.

15

Esa noche, no regresé a casa por el camino habitual, sino que decidí bordear la orilla floreciente que baña el río Quibú, dejarme llevar por sus recovecos, pues estaba seguro de que más adelante me encontraría con la fábrica de abanicos de cartón, y de ahí sería fácil retomar el camino a casa. Por esa zona existía un pequeño cementerio donde, según se rumoreaba, había más vivos que muertos, porque allí, entre árboles y tumbas, se escondían las parejas que querían tocarse, besarse, meterse mano sin que nadie los viera. Para eso, las tumbas y los muertos han sido siempre buenos cómplices. Y a mí siempre me ha parecido un homenaje que los vivos hacen a los muertos. Viejísimo, de un siglo atrás, supongo que el cementerio estaba en desuso y ya no enterraban allí a ningún cristiano. Estaba cerrado. Sólo crecían helechos, pinos, framboyanes, mangos, plátanos y aguacates, quizá por la fertilidad de tantos huesos desmenuzados, y porque si hay algo cierto es que hasta después de muertos somos útiles. Por esa zona, el camino se volvía bellísimo, principalmente de noche;

olía a frutas, y las gaviotas pasajeras las alas blancas batían. Aunque no estoy seguro de que las gaviotas vuelen de noche, y quizá fueran murciélagos. Sea como sea, no tenía la impresión de estar en Marianao, sino en pleno campo, en los tiempos en que Marianao había sido un lugar exótico de sanos alisios que curaban la tuberculosis y el gusto por beber ron. Allí el calor de la noche resultaba menos sofocante y se podía suspirar hondo, y hasta podían mirarse con más limpieza las estrellas, y suspirar otra vez. Además, aparte de mí, no había nadie más, ni en los bordes del río, ni en el cementerio, ni siquiera en el camino. Me sentí a gusto. Me quedé largo rato junto al viejo muro del cementerio. Echado al pie de un peralejo, miré las estrellas y canté por lo bajo, como sólo se miran las estrellas y se canta a los quince años y se cree estar feliz y enamorado, como si una cosa tuviera que ver con la otra. Así, miré las estrellas y canté durante un rato. Me dormí. Sí, debí de quedarme dormido, porque las estrellas y el canto parecían haber cambiado, y venían hacia mí unas risas y unas figuras iluminadas. Desperté, o eso creo. Comprendí que lo de las figuras iluminadas había sido efecto del sueño. No así las risas, porque seguí escuchándolas con los ojos abiertos, muy alerta. Me levanté, busqué. Seguí oyendo las risas sin ver a nadie. Cuando las risas se acallaron, el cementerio quedó en el más completo silencio. Entré entonces por una esquina en la que el muro se había venido abajo. Las tumbas hundidas no parecían tumbas. Vi pequeñas lápidas con nombres borrados, cruces rotas, trozos de estatuas. Hacia el final, una luz tenue, como de farol de queroseno. Anduve con cuidado por sobre los sepulcros. En algún momento me percaté de que el cementerio no era sólo un lugar de enterramiento, sino un sembrado de frutas, y no es que crecieran árboles frutales como en cualquier cementerio, no, se trataba de algo más, de un sembrado consciente, bien planeado, bien hecho. Crecía un hermoso platanal, y había matas de frutabomba, y de naranjas, y de melones, y unas piñas hermosas que, en actitud erguida, se levantaban del seno fértil de la madre Vesta. Grandes frutas esparcían su aroma por el cementerio. Con sigilo traté de acercarme a la luz. De pronto, sobre una tumba de estuco, encontré un muchachito dormido. Me acerqué. Era Pirulo el Piojillo, el hermano mayor de Minita y Lalita, las tamaleras, hijos los tres de Bonifacio Byrne. Pirulo era un muchacho de veintitantos años que casi no hablaba y que, cuando no andaba vendiendo los tamales que hacían las hermanas, se echaba a dormir en cualquier lugar. Dormía siempre que podía, como si poseyera una candidez a prueba de los contratiempos y embates del mundo. Entre su silencio y su sueño, y aun con sus veinte años, mostraba siempre un aire de inocencia jovial, de infancia pertinaz, como si no alcanzara a comprender en qué infierno tan temido se encontraba y cuántas esperanzas debía abandonar.

Me detuve a mirarlo, allí dormido sobre la tumba, con la gracia abandonada de los que se duermen con facilidad en cualquier sitio y luego, cuando despiertan, es como si continuaran dormidos, pero en un sitio mejor. Di algunos pasos más. Me arrodillé tras una lápida que decía: «Aquí yacen Patria y Libertad Peña, que murieron de pasión de ánimo y sin esperanzas de recobrar la alegría». Desde la tumba de las Peñas divisé ya el claro iluminado por un quinqué que colgaba de la rama de una mata repleta de guanábana. En medio del claro había cuatro personas desnudas. Me costó distinguirlas a pesar de que las iluminaba el farol. Eran las hermanas Minita y Lalita, que bailaban desnudas y abrazadas y, frente a ellas, el Negro Tola, el frutero, bellísimo, joven y hermoso, negro, completamente desnudo, cercado por luces y sombras, que bailaba solo, abrazado a sí mismo, y también el tío Mirén, también hermoso, también desnudo, que daba palmadas acompasadas y completaba el cuarteto. Creo que si al principio no los reconocí fue por lo sorprendente de aquella reunión; o sea, no por ignorancia, sino por mi total desconcierto. Al poco, las muchachas se separaron y fueron lentas, cautivadoras, donde los hombres, que bebían de una misma botella. Ellos las abrazaron, las besaron, les acariciaron las nalgas, las intercambiaron. Ellas también les acariciaron las nalgas a ellos y luego bajaron al mástil mayor del Negro Tola. Es cierto, pensé en ese momento, como seguí pensándolo a lo largo de mi azarosa existencia, que en las armadas que surcan los mares de la vida los negros ostentan las más invencibles; sin duda, un negro sin gran mástil no es un negro. En éstas, el tío Mirén aprovechó que las muchachas estaban inclinadas para introducir los dedos corazón de ambas manos en los culitos de ellas. Los dos hombres quedaron, pues, frente a frente, separados por dos mujeres, una al lado de la otra, con sendas espaldas arqueadas como dos puentes perfectos. El Negro Tola atrajo la cabeza del tío y lo besó en la boca. Me impresionó la languidez con que mi tío se entregó al beso y a la boca del Negro Tola. Fue un beso muy largo, tanto que las hermanas se irguieron y contemplaron maravilladas aquel beso que ellos no parecían dispuestos a terminar. Al fin, sin saber qué hacer, unieron sus bocas a las bocas. Cuatro bocas unidas, cuatro cuerpos unidos, que bailaron suavemente durante un tiempo y luego se quedaron quietos, rodeados por el platanal, el croar de las ranas y el grato olor de la musa paradisíaca, que amparaba, como siempre, a los amantes.

16

Me asomo al espejo. Hasta ese momento, este artefacto rectangular, fijo a la puerta del escaparate («luna», lo llama la Mamatina), sólo me sirve para peinarme, arreglarme la camisa, la corbata del uniforme escolar. Ahora comprendo que no sólo sirve para vestirme: sirve también para desvestirme. Una novedad. Es lo que hago. Me observo de arriba abajo, desnudo. El pelo rubio, la cara delgada, bonita, los ojos ambarinos a ambos lados de una nariz grande y recta; los labios de un trazado aceptable, algo femenino; el cuello blanco; el pecho poco desarrollado, también blanco, las dos tetillas diminutas, de color rosa pálido (en nada semejantes a las de Tito Jamaica); ombligo bien formado (me gusta mi ombligo, da fe de un nacimiento tranquilo); pelvis con poco vello, tan rubio como mi pelo; una pinga no demasiado grande, bien hecha, eso sí, sobre cojones recogidos, entre oscuros y claros; muslos, piernas lampiños. Me miro de perfil. Busco un espejo de mano. Miro el reflejo de mis nalgas, de mi espalda, y también ahora me gusta lo que veo. Las nalgas son pequeñas, redondeadas. Me inclino. Abro las nalgas. Culo pequeño, entre oscuro y sonrosado, como los cojones, que se insinúan próximos. Me acaricio las nalgas. Me toco el culo. Primero paso la mano; inmediatamente, un dedo. Me llevo ese dedo a la boca, para ensalivarlo. Me gusta el olor del dedo, el olor del culo en el dedo, un olor único: ningún otro lugar del cuerpo huele de este modo. Me chupo el dedo, lo ensalivo. Mojo el culo con mi saliva. Eso me provoca una sensación placentera. Dejo que el dedo entre poco a poco, como he visto que el tío Mirén ha hecho con las hijas de Bonifacio Byrne. Desde el espejo de mano, reflejo del reflejo del espejo mayor, veo mi dedo húmedo entrando leve, tranquilo y ceremonioso en el culo. Algún día, más tarde, terminaré comprendiendo que, para el culo propio, lo mejor es un dedo ajeno; y, claro está, algo más grueso y ajeno que un dedo ajeno. Como dice la Mamatina con un suspiro, hay más tiempo que vida, y la hierba que está para uno no hay vaca que se la coma. Por el momento, también me gusta que gracias a mi dedo alcance la cima de otro descubrimiento: el culo no es sólo un agujero de expulsión, sino también un agujero de acogida. Muchos años después, y casi frente a un pelotón de fusilamiento de los que tanto abundaron y abundan en Cuba, tú, Moby Dick, deslizaste en mi oído una frase rotunda: Quien no haya dado el culo a un buen macho, nunca sabrá lo que es el amor.

17

¡Ay!, qué acero feliz, qué piadoso martirio.

Eugenio Florit, «Martirio de San Sebastián»

Mi querido Moby Dick, yo sé lo que es el amor. Unos días después de asomarme por primera vez al espejo, tuve un encuentro con Héctor Galán. Como comprenderás, fue otro de esos encuentros determinantes que tuercen (o, mejor dicho, enderezan) el destino. Un encuentro definitivo, porque fue el inicio de mi vida como adulto. No sé si te acordarás de Héctor Galán. Bueno, no sé si acuden los recuerdos a ese cementerio del Bronx, donde eres vecino de tus adorados Miles Davis y Duke Ellington. Héctor, mi querido Moby, era un chico alto y delgado, blanco, rubio, como recién salido de una película norteamericana, de aquellas de jóvenes pandilleros, con manos grandes, cara pecosa, ojos almendrados y boca, eso sí, demasiado carnosa para encontrarse impunemente en la cara de un rubio tan rubio. A ti seguro que te gustaba, entre otras cosas porque a ti te gustaba todo el mundo, y también porque Héctor era un joven rubio, y, como solías decir, para negro y maricón, contigo te bastaba. Héctor ya iba al instituto de Marianao. Para ir al instituto seguramente pasaba por delante de tu casa, y también por delante de la casa de tu maestra de piano, la señorita Walkiria, con paso resuelto y musical, como si bailara, con el talle esbelto, «apretado como una gavilla de trigo» (así lo habría descrito García Lorca de haberlo visto). Era unos tres años mayor que yo, y supongo que por entonces tendría dieciocho años. Por las tardes aparecía vestido con *spikes* negros y un traje del equipo de Marianao que, según alardeaba, se lo había regalado el famoso lanzador Limonar Martínez. Que yo recuerde, nadie más llevaba traje de pelotero, sólo Héctor, por eso insisto, Moby Dick, en que tú también tendrías que recordarlo. Nadie podía negar que tenía madera de *pitcher*. Rápido, misteriosamente resuelto y preciso. Todas las tardes se paraba con impresionante seguridad en el montículo del terreno del instituto y pitcheaba como Dios, o lo que es lo mismo, como el Jiquí Moreno. Lanzamientos precisos que los bateadores ni siquiera veían venir. Allí nos íbamos algunas veces un grupo de chicos, cuando bajaba el sol y la canícula se hacía aún más soportable de lo habitual, por la calle Martínez, para sentarnos en los muros ennegrecidos y acres de la vinagrera, frente al terreno de pelota. Daba gusto verlo lanzar la pelota con aquella tranquila seguridad que, en el instante del lanzamiento, se convertía en un torbellino. Cuando terminaba el partido, se sentaba en las gradas con una guitarra y cantaba con voz ronca alguna canción de Ricky Nelson, que por entonces hacía furor; también canciones *country,* que entonaba suave, dulce, como si conversara y, en lugar de *country,* fueran boleros. Sobresalía más como *pitcher* que como cantante, aunque eso entonces no importaba. Las chicas (y los chicos) del instituto bajaban corriendo para ver a aquel rubio alto, vestido con el traje a rayas, la gorra de pelotero, un cigarro en un extremo de los grandes labios, entrecerrados los ojos por el humo y la canción, las mejillas sonrosadas, donde se descubría la sombra de un dorado y tenue vello, aún sin afeitar, sudoroso, rasgando la guitarra con aquellas manos de dedos largos y eficaces. Las chicas lo adoraban. Él se dejaba adorar. Casi tengo la certeza de que aquella adoración de las chicas alcanzaba límites insospechados porque Héctor parecía no hacer caso. Fumaba sin hablar, sin sonreír. Miraba a los demás con ojos entrecerrados, lo que imponía distancia y a ratos hasta auténtico temor. También porque después del partido y de las canciones se iba siempre solo, seguro de sí, con paso convincente, sonoro (los *spikes* golpeaban las aceras como piedras metálicas). Y así, sin amigos, sin chicas, subía por Medrano, doblaba la esquina de Santa Petronila y se iba a su casa, aquel castillito con almenas y ventanitas que querían ser góticas y que se alzaba llegando a la línea del tren y al río, un poco más allá de los límites de Santa Rosa.

Un domingo por la mañana, bastante temprano, me tropecé con Héctor Galán detrás del parque de la calle San Francisco, próximo a los jardines de la Escuela del Hogar. Mis padres se preparaban para ir a misa. Yo, que odiaba la misa, a pesar de que tanto quería al padre Goyo Nacianceno, pretexté que tenía dolores de barriga para quedarme en casa. Cuando oí que ya salían camino de la parroquia, acompañados por Aquilina Margarita Fuciño, salí alegremente, robé dinero del pañuelo anudado de la Mamatina y, luego de pasar por la cafetería del Ñato, donde me tomé uno de sus famosos batidos de mamey que a ti tanto te gustaban, anduve por detrás de la Escuela del Hogar en busca de almendras. Allí se daban mejor que en ninguna otra parte. No me gustaba demasiado el sabor de las almendras, pero sí el olor de los almendros de la India, que parecían sombrillas gigantes, y que en los jardines de la Escuela del Hogar eran más sombrillas y más gigantes todavía. Entonces lo vi venir. A Héctor, digo. Sin zapatos, ni camisa, sólo con un pantalón militar cortado a media pierna y la bicicleta al lado, como si se le hubiera ponchado alguna rueda. Pasó por mi lado sin mirarme. Yo seguí, y no había dado seis o siete pasos cuando oí mi nombre: ¡Josán! Lo primero, Moby Dick, fue un sobresalto, el orgullo repentino de descubrir que Héctor Galán sabía mi nombre. Lo segundo, un susto que hizo que no me volviera. Se acercó. Josán, necesito un favor, me dijo con su voz rara, hermosa, que no salía de su pecho ni de su tórax, sino que se formaba en la garganta como un carraspeo: era la voz de un bebedor de aguardiente. Tuve que levantar la cabeza para ver sus ojos brillantes y verdosos, entornados, conminatorios, con un brillo extraño. Como no me salían las palabras, dije que sí con la cabeza con un gesto que tenía tanto de Fernando como de Victoria. Metió la mano en uno de los muchos bolsillos del pantalón militar y sacó un papelito doblado. Dáselo a tu hermana, *please*, dile que no me embarque. Tomé el papelito. Él se alejó por el camino que conducía hacia la zanja. No bien lo vi desaparecer, abrí el papelito. Me asombró la letra grande, torpe, de niño. Más aún lo que en él había escrito: «Te espero esta noche, a las diez, en la esquina del Alpha». Estoy seguro, Moby Dick, de que te acuerdas del Alpha, el cine de la calle San Jacinto, llegando a la Calzada Real, con sus paredes decoradas con motivos romanos y su cafetería llena de espejos, que entonces nos parecía el colmo de la elegancia. ¡Mi hermana se veía con Héctor Galán en el Alpha! Me pareció imposible.

Ahora se supone que debo aclarar por qué me pareció tan imposible que Héctor y Vili se vieran en el cine Alpha o en cualquier otro lugar. Quizá ha llegado la hora de hablar de Vili, mi hermana, aunque si voy a ser sincero, querido Moby Dick, preferiría no hacerlo. Por fortuna, hace años que nada sé de ella. Me han dicho que vive en un pueblecito de Kansas, que cría caballos de carreras. La supongo feliz, entre caballos, vestida con jeans, camisas de cuadros rojos y sombrero alón. Hasta escucho una lejana música de armónica cuando la imagino allí. Me alegro por ella. También me alegro por mí. Que cada uno sobrelleve sus aficiones y su vida, bien lejos el uno del otro. Porque debo decir que nadie me vigiló y persiguió nunca como mi hermana Vili. Sólo la policía secreta posterior a 1959. A veces pienso que mi hermana fue la premonición de aquella mirada implacable de la policía secreta. Lo cierto es que, en los años de nuestra adolescencia, ¿lo recuerdas, Moby?, había una extraordinaria semejanza entre mi hermana y yo. Nada importaba que ella fuera hembra y yo varón; no importaba que yo hubiera nacido un año después: parecíamos gemelos. Al menos, en nuestro aspecto. Idéntica estatura, similar complexión: no éramos altos, sí bastante delgados, de piel blanca y ojos «ambarinos» (eso decía ella, no por cursi, sino por sarcástica, porque sabía que me entusiasmaba Linda Darnell); pelo del mismo color trigo, que, para desesperación de la Mamatina, mi hermana se recortaba cada quince días (ella también tenía sus fervores ocultos, y adoraba a Ingrid Bergman en *Juana de Arco)*. Mi hermana vestía como un hombrecito. Más varón que yo, más callejera e infinitamente más rebelde. Seguramente oíste alguna vez cómo la llamaban en el barrio, por lo bajo, Vili *the Kid*. Y a ella le encantaba el mote. Se subía a los árboles, jugaba pelota, nadaba en el río, cazaba palomas, se perdía en el Monte Barreto, se bañaba en los riscos de Jaimanitas, se lanzaba de la botella de Terry Malla Dorada de La Concha, se colaba en la quinta San José para robar ofrendas de las ceibas, iba en busca de aguacates a los terrenos del pabellón de psiquiatría del Hospital Militar, donde incluso se había hecho amiga de Madame Mimí Moissac, una sueca que se decía francesa y había sido puta en tiempos de Yarini, y ahora, loca y octogenaria, desvariaba en inglés. Es decir, pasaba los días mataperreando, hacía aquello a lo que yo, como sabes, no me atrevía. Por las noches, sentada en la hamaca de nuestro jardín, hasta le gustaba encender un H-Upman, a escondidas de mis padres, por supuesto. Estoy seguro de que era la única adolescente en toda Cuba, y en el mundo, a la que le gustaba fingirse Winston Churchill. También fumaba al borde de la zanja que partía en dos aquel barrio, como si dividiera el cielo del infierno. Nos parecíamos tanto que en numerosas ocasiones hasta la Mamatina se confundía y me llamaba Vili, para pedirme que la ayudara en algún asunto de cocina. Cuando me acercaba, entre divertido e indulgente, y mi madre descubría su error, bajaba los ojos, fingía que hablaba sola, que cantaba, movía las manos como si le sirvieran de abanico, desesperada porque: Con este calor esto no es vida, hijo, esto no es vida, repetía casi sin voz, mientras yo me reía por lo bajo. A Vili nunca se la vio en compañía de un chico que ella no pudiera dominar. Los chicos de que solía rodearse la servían como incondicionales. A las chicas las trataba como si todas, absolutamente todas, tuvieran el encanto de Vivien Leigh. Creo que a mí me odiaba. No sé si porque nos parecíamos tanto. Supongo que yo significaba para ella lo que ella para mí: un espejo en el que nos veíamos invertidos, un espejo que se destacaba cuanto debíamos ser y no éramos. Porque siendo varón, y a pesar de mi frágil lado Fernando, comparado con ella yo era más Victoria, más delicado, más hembra. Se hubiera dicho que en Vili no había dos personajes antagonistas, sino uno solo que se encaminaba hacia el *cowboy* que, según dicen, terminó siendo. Algunos amigos de aquellos tiempos, como tú mismo, Moby, me dijeron años después que mi hermana envidiaba lo que me colgaba entre las piernas, precisamente eso que, en opinión de Vili, no sabía yo darle el uso adecuado. Esa opinión se me antojó simple, un poco frívola. No te niego que eso de la «nostalgia del falo» me ha parecido siempre una soberana tontería. Si nunca, hasta hoy, sentí yo nostalgia de su clítoris, ¿por qué habría de sentir ella nostalgia de mi falo? Lo cierto era que, si mi hermana no me odiaba, por lo menos sí vigilaba, se burlaba de lo que llamaba mi «delicadeza», mi «por siempre ámbar». Se burlaba al verme escuchar la suite *Romeo y Julieta* de Chaikovski con los ojos cerrados. Se burlaba cuando en las cenas familiares me hacían recitar poemas como «La mejor lágrima», de Mercedes Matamoros, o «Las carretas en la noche» de Agustín Acosta, cosa a la que yo me prestaba con regocijo. Se burlaba cuando me veía con un títere en cada mano. Se burlaba cuando me descubría debajo de la cama leyendo la revista *Vanidades* enmascarada con la cubierta de una *Bohemia*. Se burlaba si pedía dinero para ir al cine a ver la última película de Sarita Montiel; me decía que hasta la presuntuosa y tremendista de Libertad Lamarque era mejor actriz que Sarita Montiel, que no había nadie más ridículo en el cine, y que si yo quería ir a verla era para imitar después sus grotescas poses de vampiresa de quinta fila. Tenía razón, tú y yo lo sabemos, sólo que no me daba la gana de aceptarlo. Vili solía agitar los brazos delante de la familia, diciendo: Soy Ana Pavlova, decía, y yo era el único en darme cuenta de que se burlaba de mí. Eso de llamarnos pájaros... ¿Por qué lo de las plumas y los pájaros, Moby? No sé si a ti te sucedía: cada vez que oigo las palabras volar, pluma o pájaro, me quedo rígido, miro hacia todos lados. Nunca he podido disfrutar de una función de *El pájaro de fuego* o de *El lago de los cisnes*. Tampoco he podido leer *El obsceno pájaro de la noche*. El precioso volumen de *La Re-*

genta debí cubrirlo con papel de regalo para no ver el nombre de su autor. Aún hoy, si paso por un cine donde exhiben la famosa película de Hitchcock con Tippi Hedren, bajo la cabeza y apuro el paso, como un ladrón. Secuelas, paranoias, ¿no? A escondidas, Vili me apodaba «pájaro chogüí», y también «pato macho» y «el cisne blanco». Y me cantaba la canción paraguaya, o el guaguancó, o aquella italiana que hacía furor en aquellos años:

> *Volare, oh, oh!*
> *Cantare, oh, oh, oh, oh!*
> *Nel blu dipinto di blu,*
> *felice di stare lassú.*

Cuando descubrió mi pasión por el pozo ciego y por el jardín, es decir, mi pasión por Tito Jamaica, comenzó a llamarme Lady Chatterley. Hasta mucho después no entendí a qué se refería.

Soy justo, reconozco que nunca lo hizo delante de los otros; cuando había extraños delante, a lo más que llegaba era a un aleteo que recordara a Ana Pavlova.

152

Y también me acuerdo de que, en ocasiones, cuando algunos de aquellos zánganos de los barrios Pogollotti, Zamora o Larrazábal se alejaban de sus predios, se aparecían por nuestro barrio, se percataban de mi «finura» e intentaban ofenderme con alguna referencia ornitológica, mi hermana se fajaba a los piñazos y, a pesar de su cuerpecito delgado y blanco, nunca, que yo sepa, pudieron vencerla.

Para avanzar en esta narración, querido Moby, debo dejar por ahora a mi hermana y volver al papelito de Héctor Galán. Quizá ya habrás imaginado que no se lo di a Vili. Por la tarde, en lugar de acudir a mi cita habitual en el pozo ciego, anduve por la casa a la espera de la ocasión propicia. Después de la siesta, cuando Vili salió al martirio de sus clases de mecanografía y taquigrafía, entré en su cuarto, registré en su chifonier y encontré un sencillo vestido de algodón azul, con cinturón, saya plisada, paradera, y mangas y pechera de organdí. Mi hermana aborrecía el vestido. Nunca lo usaba, ni siquiera en las fiestas familiares. Lo había cortado la propia Mamatina para la noche en que celebraron el 4 de Septiembre con un concierto de Iris Burguet en el teatro de Columbia, y en el que estaban Mulato Lindo y su altísima esposa Martha Fernández Miranda, amigos de mi padre. Tomé también unas *ballerinas* blancas y el abanico nacarado de la primera comunión de mi hermana. Me bañé bien, con cuidado y excitación. Querido Moby Dick, durante el baño descubrí zonas de mi cuerpo que hasta entonces ignoraba. Sin duda nada hace descubrir el propio cuerpo como cuando se presiente la cercanía del ajeno. Por ejemplo, descubrí el lado posterior de las orejas; también descubrí la nuca, y me la acaricié suavemente con el jabón Hiel de Vaca. Ahora ya conozco el valor de la nuca y las orejas, pero ahora no vale, ya soy un hombre hecho y derecho con muchas batallas perdidas y ganadas. Antes de ese día, ¿cómo se me iba a ocurrir que esas zonas contuvieran sutilezas eróticas? También los dedos y las plantas de los pies. Y una zona maravillosamente escondida entre los huevos y el culo, un espacio manso y aparentemente superfluo, agradecido, que, si se tocaba bien, dejaba el resto del cuerpo en contenta y contenida impaciencia. Y un último descubrimiento, el más importante: las tetillas, de las que ya hablaré. Después, en mi cuarto, frente al espejo, me vestí. Me observé como debió de haberse observado Cenicienta después del encuentro con el hada madrina. Debo reconocerlo: la transformación tenía mucho de extraordinaria. Yo no era yo, sino Vili. Una hipotética Vili, femenina, delicada, cierto, y, por lo mismo, más Vili que la propia Vili. Dulcifiqué la sonrisa. Permití que una vacilante melancolía entrecerrara mis párpados. Quizá necesitara unos pendientes, una cinta en el pelo. Sé que hubiera sido excesivo, que la parquedad es aliada del artificio y la mentira: si se quiere convencer, nunca se debe llegar al exceso. Además, contaba con el oscuro sosiego de las calles Medrano y San Jacinto. Sabía, asimismo, que debía evitar el bullicio lumínico de la Calzada Real. Dudé si robar también un blúmer. Deseché la idea. Por un lado, hubiera sido exponerme al peligro de regresar al cuarto de Vili; por otro, deduje que cuando la saya fuera levantada, ya daría lo mismo un blúmer que un calzoncillo.

A las nueve, mi padre se encerró en su despacho. La Mamatina, a su vez, se encerró en su aposento a leer o a ver en la televisión *El álbum Phillips,* programa «culto», patrocinado por una leche de magnesia y que precedía a la serie *Perry Mason.* Mi madre adoraba a Raymond Burr (sin saber —nunca lo sabría— que el masculino actor adoraba a otro masculino actor llamado Robert Benavides). A esa hora huí transformado en Vili por una de las ventanas de mi cuarto, cosa que, como ya he dicho, no constituía ninguna proeza.

Yo no era Josán, y mucho menos Vili; yo era, si acaso, Victoria a punto de cometer adulterio, o mejor aún, Lillian Gish. Sí, ahora que lo pienso, yo era Lillian Gish. El cine Alpha estaba cerca de casa, de modo que no tuve que andar mucho y, cuando llegué, la última tanda había empezado y el taquillero contaba el dinero. Como siempre, echaban dos películas, una de Abbott y Costello y otra de estreno, o eso creo, con Audrey Hepburn, Humphrey Bogart y William Holden. Y no bien vi el cartel azul con la Hepburn vestida elegantemente de rojo vino, de inmediato, hacia el centro de la calle, en medio de las sombras, recostado a un muro, descubrí a Héctor Galán. Y lo demás dejó de tener importancia. ¿Cómo supe que era él si estaba tan oscuro? En realidad no lo supe, fue un pálpito, sólo eso. Una sombra alta, el brillo rojo de un cigarro, la bicicleta... Mi corazón, o mi plexo solar, o las dos cosas, se alteraron; no temblé visiblemente, aunque supe que sí, que por dentro estaba temblando. Tampoco supe qué hacer con el abanico, y lo dejé caer en el albañal que bajaba por la cuneta desde la Calzada Real. Me acerqué con la mayor parsimonia, no tanto por estrategia, porque quisiera mostrar desinterés, como por darme un tiempo para recuperarme. El resultado, sin quererlo, fue una mezcla de Victoria y Lillian Gish. Él no se movió, nada en aquella sombra parecía haberme reconocido, y eso sí parecía una táctica. Cuando estuve a su lado, aspiró profundamente el cigarro, lo lanzó lejos y alzó la cabeza para expulsar el humo. Una de sus manos se apoderó de mi cintura y me atrajo hacia sí. Cerré los ojos para concentrarme en aquel brazo, para apreciar mejor la dureza de su cuerpo. Recosté mi frente en su pecho. Noté un palpitar, pero no sé si eran los latidos de su corazón o los del mío. Si era mi corazón, significaba que latía en mi frente. Su camisa olía a lavanda y a cigarro. Quedamos inmóviles un tiempo que me resultó cautivadoramente largo. Al cabo se movió, me apartó ligeramente, bajó la bicicleta a la calle y se montó. Me hizo un gesto para que me sentara en el caballo de la bicicleta. Me senté de lado, decididamente muy Lillian Gish. Comenzó a pedalear calle abajo. Su respiración me acariciaba la nuca, lo que significa que volví a tener ostensible conciencia de esta parte de mi cuerpo. Sus brazos largos me tenían apresado y sus largos muslos subían y bajaban junto a los míos. El barrio estaba tranquilo, casi vacío, como siempre a esa hora. Dobló por la calle Concepción, llegó a General Lee, se perdió por las otras calles oscuras que conducían a Buen Retiro. Qué orgullo ir sentado en el caballo de la bicicleta, custodiado por el *pitcher* al que reverenciaba el instituto de Marianao en pleno. Me excitaba saber que en algún momento podría tocarlo, besarlo, así como dejar que me tocara y me besara. Tampoco puedo negar que parte de mi miedo tenía que ver con el engaño. Él suponía que iba con Vili. ¿Qué haría cuando levantara la saya y descubriera

157

que allí debajo no había un blúmer sino un calzoncillo? ¿Qué haría cuando descubriera que Vili no era Vili? Eso me asustaba tanto como el hecho de saber que iba con un hombre. Un susto sobre otro susto que no llegaba a convertirse en algo molesto; al contrario, un susto que me provocaba un placer desconocido.

Nos detuvimos en una de las calles estrechas y empinadas que daban a la línea del ferrocarril y al puente de La Lisa. Me indicó el portal oscuro de una bodega. No sé cómo pude ver el cartel, pintado de rojo, con el nombre: La Primera de la Loma. Me gustó ver cómo Héctor recostaba la bicicleta a una de las columnas de madera y sacaba un llavero del bolsillo. Tenías razón, Moby Dick, es preciso observar con mucho cuidado el momento en que un hombre de verdad saca un llavero del bolsillo. Ese gesto informa de muchas cosas. El llavero, la llave, son el símbolo de cierto poder, y la manera de extraerlos del bolsillo constituye la primera manifestación de ese poder, de esa autoridad que está a punto de desplegarse, la de un hombre dispuesto a abrirlo todo y confiado en que puede hacerlo. En este caso, la apertura comenzó por una puertecita sucia, lateral. Como si yo no existiera, metió la bicicleta cuidadosamente en el edificio. El cuidado por la bicicleta, la indiferencia hacia mí, también informó de algo que, paradójicamente, no me molestó, sino todo lo contrario. No me moví. Para entonces, estaba contento de llevar falda: el sobresalto hizo que mi cuerpo reaccionara con una erección. Héctor reapareció, alzó los brazos. Un segundo después me di cuenta de que se estaba estirando, con pereza, como quien se retira a dormir. Miró hacia las esquinas. Atravesó la puertecita de nuevo e hizo un gesto de que lo siguiera. Un gesto escondido, rápido, de *pitcher*. Entré con pasos leves, evaporados. Por el olor, me di cuenta de que estaba en la trastienda de la bodega. Olía a cebollas, a ajos, chorizos, aceite, vinagre, luzbrillante. A lo lejos se encendió un bombillito azul con forma de vaina, como de árbol de Navidad. En la semipenumbra supe que, efectivamente, estaba en la trastienda de la bodega. Vi los apiñados sacos de arroz, de harina, de azúcar, de sal, los barriles de aceite, las ristras de ajo, cebolla, los jamones, las mortadelas, los pomos de aceitunas... Bajo la débil luz azulosa, el *pitcher* parecía un icono ruso. Ésa es la imagen que se me aparece ahora, cuando recuerdo aquel año.

Prendió un cigarrillo. No un cigarrillo cualquiera, sino el Cigarrillo Previo. No es lo mismo un cigarrillo que el Cigarrillo Previo. Este último es otro acto viril y hermoso que debiera descomponerse, y estudiarse, en dieciséis pasos:

1.º Rebuscar en el bolsillo de la camisa, como si no se supiera exactamente dónde está la cajetilla de Camel.

2.º Sacar la cajetilla, mirarla un momento con una mezcla de extrañeza y reconocimiento.

3.º Golpearla a efectos de que salga un único cigarrillo.

4.º Extraer el cigarrillo y colocarlo entre los labios con un gesto veloz e invertido de la mano.

5.º Mirar un momento como si los fósforos estuvieran en otro lugar que no fuera el bolsillo.

6.º Sacar del bolsillo la cajetilla de fósforos con dos dedos y sin mirarla.

7.º Golpear la cabeza del fósforo contra la lija; se trata de otro movimiento rapidísimo, hacia fuera, que, dicho sea de paso, no cualquiera es capaz de llevar a cabo con felicidad.

8.º Acercar la llama al cigarrillo, que también implica acercar el cigarrillo a la llama, e intentar que la otra mano forme una pantalla iluminada alrededor de la llama, como en los cuadros del francés La Tour.

9.º Aspirar con gusto, fruncir el ceño, un instante de perplejidad, como quien saborea; dejar las manos, el cuerpo en suspenso.

10.º Tener conciencia de que la luz de la llama otorga al perfil un brillo especial.

11.º Agitar el fósforo en el aire para que se apague y lanzarlo lejos, con desprecio viril.

12.º Llevar a la boca una mano abierta y ligeramente descuidada, dejar que el cigarrillo quede insertado entre los dedos corazón e índice.

13.º Alzar la cabeza y lanzar el humo hacia lo alto. No es necesario hacer volutas con el humo. Es muestra de pedantería y falsa masculinidad.

14.º Expulsar más humo por la nariz, y concentrarse aún más en el acto. Esto sí otorga masculinidad irrebatible, aun cuando sea llevado a cabo por un paradigma de la hembra, como la diva Dolores del Río.

15.º Cerrar brevemente los ojos.

16.º Abrirlos como si se volviera a la vida después de una ausencia fugaz y maravillosa.

Aunque estos dieciséis pasos los condenso en Héctor Galán, en rigor constituyen el resumen de muchos años contemplando cómo los hombres (y algunas mujeres) prenden sus Cigarrillos Previos.

Lo siguiente que hizo fue ir a buscar un jarrito de peltre. Se dirigió a un barril con un pequeño grifo y lo llenó de un líquido amarillento. Me tendió el jarrito. Lo tomé como si su mano perteneciera al peltre del jarrito, es decir lo acaricié con un atrevimiento que me sorprendió. Bebí un sorbo de algo que se debatía entre el agua sucia, el vino y el vinagre, y que bajó por mi esófago como lo que era, un fogonazo. Pensé que si hubiera sido capaz de abrir la boca, habría lanzado al aire una llamarada, como los hombres del circo. Pasé mi lengua por los labios, fingí que me gustaba. Se lo devolví. Él fue a beber cuando pareció percatarse de algo. Buscó, sin sonreír, el sitio exacto donde yo había colocado mis labios, y dio un largo trago. No sé si le gustaba el menjunje, diría que sí. Diría más: lo bebía habitualmente. Se sentó sobre un saco de arroz en el que había pintado un chino sonriente. Otro gesto escondido, rápido, de *pitcher,* para ordenarme que me sentara a su lado. Lo hice tan a lo Lillian Gish, Moby Dick, que te habrías sentido orgulloso de tu amigo. Él continuó fumando, bebiendo. Lo miré un instante, comprobé que tras su perfil estaba el bombillito azul, por lo que la luz creaba una aureola alrededor de su cabeza. Advirtió la sonrisa. Me pasó el jarrito de peltre. Volví a beber un sorbo de aquella pócima que me abrasaba por dentro. Descansó su mano sobre mi muslo. Sus manos no se parecían a las del tío Mirén ni a las de Tito Jamaica, a pesar de que también eran grandes y fuertes. Y es que tenían un tono rosado, con vello rubio, casi blanco, y estaban cubiertas de pecas. La uña del dedo meñique sobresalía en relación con las demás. Me llamó la atención el grosor de la muñeca; pensé que no hubiera podido rodearla con una de mis manos. No sé si por influencia del beberaje (que me volvió descarado), intenté comprobar, sin éxito, si mi mano era capaz de rodear su muñeca.

Me quitó el jarro, lo colocó en algún lado, apagó el cigarro. Me miró serio, casi con enfado, y eso me gustó. Tal vez a esa precisa noche con Héctor Galán debo mi gusto por la seriedad en cuanto se refiere al amor. Odio a los hombres y las mujeres que se ríen mientras flirtean; mucho más si se ríen mientras singan. Y los odian mis dos lados, tanto Victoria como Fernando. Flirtear, singar, no es un juego, sino una conquista, un aprendizaje, un ritual, una amenaza, una batalla. Es un combate con estrategias y ofensivas, con infantería, caballería y batería de cañones (sobre todo cañones). La risa, la burla, la socarronería nada tienen que hacer ahí. Se trata de sortear un peligro, de pelear y, por supuesto, de vencer. Ahí la cosa sí que es de «patria o muerte», de «vida o muerte», o como se quiera decir. Que sea delicioso no disminuye la intensidad del riesgo, al contrario. Durante ese encuentro, muchas cosas se ponen en juego como para que den pábulo a la hilaridad. No digo que sea triste, melancólico, no, no digo eso, al contrario; digo que la falta de comicidad no implica languidez. Digo, insisto, en que es peligroso. Nadie navega por el Orinoco o el Amazonas en canoa, con un solo remo y lanzando carcajadas a una orilla y a otra. Nadie tiempla, es decir, nadie mete un hierro en un horno a altísimas temperaturas como si estuviera en un espectáculo de variedades. Eso sólo lo haría un loco o un niño. ¿Que es un circo? De acuerdo, pero romano. Un circo de fieras que son gladiadores y gladiadores que son fieras. De víctimas que son victimarios y victimarios que son víctimas.

La seriedad de Héctor, su mirada de enemigo, me sobrecogió y un escalofrío recorrió mi espina dorsal. Con dos dedos me levantó la barbilla. Acercó su boca, que al parecer constituía la avanzada de su infantería. Solamente la acercó: con excesiva lentitud, eso sí. Ya he dicho que sus labios eran gruesos. Ahora estaban húmedos, entreabiertos, y sentí su aliento dulce, la humedad con sabor a vino ácido y a cigarro. Quise acercar mi boca a la suya. Él lo impidió, se echó hacia atrás, solo un poco (¡sin sonreír!). Cerré los ojos. Supe que en esa contienda yo tenía todas las de perder o, lo que es lo mismo, las de ganar. Oscuramente, sin estudiarlo demasiado, supe también que la mejor táctica consistía en dejar que se creyese invencible. Como en cualquier guerra, también ahí funcionan los reflejos. Es preciso dejarlos actuar. Decidí esperar con los ojos cerrados. Mi lado Victoria volvió a activarse de manera inequívoca. Ingenuidad, pasividad, paciencia, languidez. Algo, querido Moby Dick, una intuición, alguna reminiscencia, me hizo entender que ante un hombre como Héctor la pasividad se transformaba en la actividad mayor, en la mejor energía y la más eficaz contraofensiva. ¿Que se creía todopoderoso? Pues que se lo creyera. Pasé mi lengua por mis labios. Estaba nervioso y me pareció bueno demostrarlo. Además, en ciertos conflictos históricos los labios deben estar siempre brillantes y húmedos, como las promesas.

Se arrimó, acercó su boca y no sé por qué lo supe. Traté de no moverme. Se arrimó un poco más. Sentí en los míos el roce de sus labios gruesos, de negro, de rubio negro, de cubano. Por primera vez un par de labios se unían a los míos. Durante un largo momento no hubo otra cosa que labios, aliento, la sensación de que sólo aquello tenía importancia. Todo lo demás se desvaneció: no había guerras, asesinatos, terremotos, ciclones, calamidades, nada. Luego su boca se abrió poco a poco, y, como si empequeñeciera, la mía desapareció allí dentro. Probé el sabor de su saliva, el sabor picante de su lengua, la mezcla de vino, tabaco y algo dulce que se deslizó por entre mis labios y me obligó a abrirlos. Sus dientes mordieron suavemente mis labios. Se apartó. Abrí los ojos. Allí estaba, mirándome con los ojos amarillo-verdosos, hostiles, más adversario que nunca. Por un instante temí que hubiera descubierto la impostura. No eres Vili, hijo de puta. Aparté mis ojos, no sé si asustado o simulándolo, consciente de que fingir era el mejor modo de ser sincero. También me di cuenta de que era la única manera segura de ganar. Miré su cara pecosa, su nariz grande, las fosas nasales oscuras y dilatadas. Se mordió el labio inferior, otra muestra de sus armas, de su estrategia de ataque. Sin planearlo, mi mano contraatacó, acarició las pelusas rubias de sus mejillas. Su boca volvió a la mía. Gran alivio. Aún quedaba tiempo para continuar siendo Vili. Una tregua, un rato más, al menos. Podía disfrutar otro poco lo que ella jamás habría disfrutado. Sin dejar de besarme, una de sus manos se deslizó bajo la saya, buscó mi muslo. Recelé que buscara algo más. No fue así. Movió suave la mano, y con la otra mano me acarició el cuello, los hombros. La boca se desplazó hacia las mejillas, las mordió con suavidad. Continuó hacia las orejas, las chupó. También pasó los labios y la lengua por mi cuello. Abrió la blusa y buscó mis tetillas. Llegado a este punto, querido Moby Dick, me dije: Éste es el momento, por destetada (y detestada) que sea mi hermana, éste es el momento en que Héctor se dará cuenta de quién yo soy yo, y me dirá cuatro malas palabras y me echará de la trastienda con una patada en el culo gritándome: Vete de aquí, maricón. El temor se disipó, pues en ese instante tuve conciencia de mis propias tetillas.

Es inevitable, querido, ha llegado el momento de hablar de las tetillas. Descubrir que existen, y que existen para el placer, es un gran hallazgo. Como si se abriera la puerta que definitivamente separa la niñez del resto de la vida. Para mi sorpresa, Héctor acarició mi pecho con gusto, sin asomo de enojo, ni siquiera de sorpresa. Detuvo un dedo en una de mis tetillas y pareció que hubiera encontrado algo valioso. Mis tetillas despertaron, como si tuvieran vida propia. La sensación casi no se puede describir. Lo que tal vez se pueda describir es una certeza: de que sí, de que hay batalla y de que va en serio. Cuando Héctor llevó su boca a una de mis tetillas, y yo cerré los ojos (en realidad no sé si los cerré o los tenía cerrados, o quizá los cerré doblemente, es decir cerré los ojos que ya tenía cerrados), y noté que él succionaba, que recorría las tetillas con la lengua, que su boca se apoderaba de ellas, las ensalivaba, las mordía con suavidad (suavidad desesperante, y no puedo negarme a mezclar suavidad con desespero, aunque roce el tópico del erotismo, y es que en asuntos

167

como éste todo adquiere su propio ritmo y tiende a la desesperación, porque uno siempre espera otra cosa y al mismo tiempo no la espera, y uno sabe que la situación quiere decirnos algo, o que está por decir algo, y esa inminencia de una revelación es quizá el hecho erótico), y en ese instante, digo, en ese instante en que yo era yo y mis tetillas, comprendí lo inevitable, comprendí que mi infancia había terminado.

El fin había comenzado con el descubrimiento de un jardinero. Continuaba cumplidamente ahora que estaba frente a un hombre de verdad, no frente a una fotografía, un fantasma o un personaje de novelita. Se precisaba con la conciencia de para qué se tienen tetillas, descubrimiento que las mujeres realizan con mayor facilidad, y por esa razón ellas siempre van por delante, más sabias, mucho más sabias. Es también un descubrimiento que demasiados hombres no realizan, y por eso quedan varados en la inmadurez, y por eso se dedican a policías, a jueces, a críticos literarios, a ladrones y asesinos de ancianas (sin orden jerárquico). Armado con la conciencia de mi propia adultez, alargué la mano, o la bajé, o las dos cosas, ahora mismo no sé si fue hacia abajo, hacia arriba o hacia un costado; sólo sé que toqué su pantalón, su portañuela, la dureza allí contenida, y entendí por qué Héctor era tan famoso, tan buen *pitcher.*

¿Y qué tal, Moby Dick, mi querido amigo, muerto de una enfermedad terrible, un virus taimado, al que ni siquiera le supieron poner un nombre bonito como tisis, sudor inglés, peste negra, pasión de ánimo, gripe española, piojos guerreros, no, nada de nombres bonitos, una enfermedad tan moderna, o posmoderna (últimamente el «pos» va delante de cualquier cosa y da un tono inteligente a la conversación), una enfermedad tan poco atractiva, insisto, que se cita con siglas y no se sabe bien si se habla de una enfermedad o de un sistema de antenas de televisión..., qué tal amigo mío, decía, si ahora hablamos un rato de la dureza? Porque no bien toqué lo que toqué, Héctor se irguió, se desabrochó el pantalón y mostró un calzoncillo blanco (de esos marca Taca, al que los cubanos agregaron el «cillo») cuyo paño no podía contener el portento de su reata. Le bajé el tacacillo. La reata, el portento, se irguió como una flecha en busca de su blanco (o de su negro, en busca, en definitiva, de su *glory hole).* La manoseé con amor y sordidez. Supe que lo duro, o incluso lo bastante duro, lo durísimo, puede ser, al propio tiempo, suave y mórbido, bastante dúctil, como apretar una

169

rama de cañandonga entizada en seda de Lyon. También en este caso su órgano sexual reproducía en pequeño su leptosomía corporal; con el tiempo uno aprende que en los verdaderos hombres, en los que valen la pena, los órganos sexuales siempre reproducen la leptosomía corporal. La contradicción entre el cuerpo del hombre y su cuerno de placer tiende al desastre. Casi diría que muchas de las catástrofes de la historia, como las revoluciones y el «morir por la patria», provienen de esa calamidad fundacional. El *pitcher* no era líder de nada; no quería morir por nadie, y tampoco quería que la patria lo contemplara orgullosa; nada pretendía revolucionar, gracias a Dios. Qué hermoso bate tenía (o tiene, no lo sé, que hay bates que duran mucho). Qué hermosa morronga. O mejor, para ser exquisito, qué hermoso mástil, qué bella rama dorada. Grande, rubia, tan sonrosada como él. Poderosa, venosa, la rama salía de entre un tupido soto de pendejos también dorados y se curvaba ligeramente hacia la izquierda y hacia abajo; de sólo verla, se sabía hacia dónde dirigiría, en algún momento, su savia. Las venas, el dibujo de las venas semejaba un mapa hidrográfico. El bálano o cabeza se hallaba convenientemente oculto por la piel. Y digo «convenientemente» porque, al echar hacia atrás la piel para descubrir aquella mollera, se disfrutaba de otro de los espectáculos más hermosos de la desnudez humana, ya que aparecía, como por ensalmo, una cabeza rosada, redonda, lustrosa, o lo que es lo mismo triunfante, con un orificio (hociquillo de cochinillo, dicen que se llama) en el que asomaba una gota de algo que brillaba. Y debajo, recogidos y rugosos, los dos cojones saludables, de un malva oscuro casi negro. Lo toqué mucho y con gusto. Insisto, una rama dorada y dura de cañandonga envuelta en delicada seda de Lyon.

Algo en mi boca se activaba, segregaba saliva, como me sucedía ante la visión de un pastel de guayaba. A los hipócritas que me acusen de apología del falo, les recordaré únicamente que las civilizaciones están levantadas sobre ese culto. Por resumir, los remito al shaivismo tántrico, al dios Min de los egipcios, al Príapo y al Pan de los griegos, a la palanca y el punto de apoyo de Arquímedes, a los talismanes romanos, a los frescos de Pompeya, al dios escandinavo Freyr, a las esculturas mayas, aztecas e incas, al discurso psicoanalista y pospsicoanalista, a los textos de Enrique José Varona y de Juan Marinello, a la Ciudad Prohibida de los chinos, a las películas de guerra y de vampiros, a la inefable nostalgia de Gabriela Mistral, a las venas abiertas de América Latina, a los nacionalismos (en especial el catalán y el vasco), a los bailes de la rosa de los Grimaldi, al *sky line* de Nueva York, a la tenaz envidia cubana, a los

171

edificios del señor Nouvel, a la crisis financiera, a las novelas de los novelistas salvajes, a la cultura alternativa, a los fotógrafos de las ruinas, a las iglesias (las religiosas y las profanas, como la Plaza de la Revolución, en La Habana).

Las manos de Héctor tomaron mi cocote y empujaron mi cabeza hacia la rama dorada. Abrí la boca, como Dios manda. En esos casos, no es un abrir cualquiera. Al menos no se abre como para comer. Es un hecho litúrgico como comprendieron muy bien James Frazer y los obispos católicos. Es como cuando el sacerdote alza la hostia durante la eucaristía. Si uno decide ser panteísta, debe serlo hasta las últimas consecuencias. De modo que la rama entró en mi boca. Ya comenzaba mi incipiente cultura, quiero decir, comenzaba a hacer asociaciones: recordé la novelita sobre el presidente Faure y Lady Abinger. Y me sirvió, vaya si me sirvió. También esa noche comencé a desarrollar mi técnica de mamador. Una técnica completa, porque esa noche no terminó con Héctor Galán, como se verá más adelante. Mamar es como escribir un guión cinematográfico, con su conflicto, su acción, sus altibajos, su escena obligatoria, y su bien estudiado *The End*. El arte del gran mamador también se aprende. Y así, intuitiva, oscuramente, comencé a desarrollar una técnica que luego, años más tarde, perfeccioné y que ahora, por generosidad y para quien le interese, expongo en varios puntos.

1.º Mirar el miembro que se va a mamar como se mira algo portentoso; carece de importancia que en realidad no lo sea; es mejor sugestionar al mamado con lo majestuoso de su miembro, pues lo contrario es fuente de muchas inseguridades. De igual modo, es un buena manera de autosugestionarse y de disfrutar más. Ya puestos, lo mejor es no andarse con remilgos.

2.º Olerlo con fruición. Aclaro: olerlo, no olfatearlo como lo haría un perro hambriento; no hay que perder la compostura. La fruición no debe apagar la llama doble del acto, su erotismo elegante, únicamente humano. Da lo mismo si huele o no. En el mejor de los casos, que huela a lo que debe, un tenue aroma fanático (de fana, digo, que es como en Cuba se conoce el esmegma o sustancia blanca acumulada en el prepucio), y problema superado. En caso de que huela a talco o a perfume (la cursilería es universal y versátil), hay que evitar un gesto de desagrado y, mucho más, un estornudo.

3.º Tocarlo con no menos fruición, con alto sentido de la propiedad. Alternar suavidad y dureza. Tocar también los huevos y las zonas aledañas. Aprovechar las caricias para disponer la lengua y ensalivar la boca.

4.º Ensalivar el miembro. Sin mezquindad. Desde la punta del bálano o cabeza, hasta la mismísima base de los cojones. E incluir cojones y zonas colindantes.

5.º En caso de que algún pelo del pubis quede en la lengua, clavar los ojos en los ojos del mamado, esbozar una sutil sonrisa, y extraer el pelo de la lengua como un bien al que se renuncia momentáneamente, sólo momentáneamente.

6.º Pasar la lengua bien húmeda por el bálano o cabeza, y, en primer lugar, por su lado inferior, allí donde se extiende un pequeño tramo de pellejo llamado frenillo, zona de alta sensibilidad.

7.º Una vez ensalivado completamente el miembro viril, se procederá a la mamada propiamente dicha, es decir, se permitirá a la pinga que entre en la boca, y se empleará un juego de labios y de lengua, así como un chupar que se pretenderá desesperante, gustosamente insoportable. Es importante lograr que lengua y labios adquieran cierta autonomía la una de los otros. En esa autonomía residirá el virtuosismo del mamador.

8.º Por supuesto, el arte no consiste únicamente en estimular las zonas sensibles de un miembro tan sensible como el viril, sino además en intentar extraer la mayor abundancia posible de savia. De modo que el mamador o la mamadora también se empeñará en succionar. Lo ideal: una sabia combinación de caricias linguales y succiones donde los dientes sobran.

9.º Lo anterior debe ir acompañado de tocamientos en piernas, muslos, vientre y nalgas del mamado. Mientras el otro no se oponga, es incluso lícito acercarse al culo. Si se trata de un garzón de aspecto viril, lo lógico será que se resista, por lo general, tres o cuatro veces, asunto de dejar la hombría bien sentada. Una vez que la hombría quede probada, se podrá pasar la yema del dedo por el ojete sin problema alguno. Es más, quizá el propio garzón solicite la presencia del dedo. Puede también que abra y cierre el esfínter, con lo cual el rabo dará algunos latigazos. Una vez más, esto demostrará la armonía del cuerpo humano.

10.º Asimismo, lo anterior debe acompañarse de miradas furtivas a los ojos del mamado. Miradas que, bajo ningún concepto, deben ser acompañadas por sonrisas, por gestos de complacencia o de autoexaltación. Miradas que no querrán decir «mira qué bien lo hago», o «soy el mejor o la mejor mamadora del mundo». Serán, por el contrario, miradas concentradas, serias, incluso graves, inevitables miradas de enemigo, de alguien para quien aquello contiene una seriedad profunda.

Aunque por entonces yo sólo tenía quince años, puedo vanagloriarme de haberlo hecho bien, incluso considerablemente bien. Nada resultó más evidente. Lo atestiguó la mirada asesina y generosa de Héctor Galán, su fiereza mezclada de complacencia. En cierto momento, me apartó la cabeza y cerró los ojos. Por ese gesto, así como por la dureza y la cantidad de sangre de su reata, me di cuenta de que estaba a punto de venirse, y de que no quería, todavía no. Lo entendí. Estuve de acuerdo. Respiró con fuerza, probablemente pensó en otra cosa. Bebió otro sorbo del jarrito de peltre. Durante segundos pareció olvidarse de mí. Se desnudó con calma. Admiré su cuerpo largo, espigado. Lo de espigado es justo y viene a cuento, aunque parezca anticuado. El de Héctor Galán era un cuerpo grácil. Se movía como si cada gesto fuera imprescindible, como si cada músculo agradeciera la trascendencia del movimiento. Se dirigió a una cuba de madera. La abrió y se apropió de algunas aceitunas. Se las metió en la boca con ansiedad, y se volvió y se acercó. Me pareció que su reata había perdido un poco de vigor, sólo un poco, lo suficiente como para descubrirla más hermosa. Se inclinó y su boca volvió a unirse con la mía. Con su lengua me llegaron algunos trozos de aceitunas. No cerré los ojos, esta vez no, y saboreé la lengua, las aceitunas, la acidez y la pimienta del ají con que las habían rellenado. Mis ojos se enfrentaron con los suyos. Dos generales medían sus fuerzas, o quizá un general y un coronel, cada uno dueño de su vigor y de sus armas; y el vigor de cada uno residía en la estrategia: la del dominador no era en absoluto superior a la del dominado. Me puse de pie, lo toqué. Comprobé que había recuperado la firmeza, el golpe de su sangre. Se acuclilló delante de mí. A esas alturas yo no tenía ningún miedo. Me daba lo mismo que descubriera la impostura. Me obligó a volverme, y yo quedé de espaldas. Me levantó la saya. La saya era de Vili, pero las nalgas, el culo eran míos. Me mordió las nalgas, las besó, dejó que su lengua escribiera allí divinas palabras, y entendí todo lo que la lengua escribía. Un lenguaje clarísimo, para qué negarlo. Colocó una mano en cada nalga, las abrió. Lo ayudé bajando el torso, separando las piernas. Nunca se podrá explicar con suficiente realismo lo que se siente cuando una lengua y su humedad y su delicadeza llegan por primera vez al culo. No es un cosquilleo, es mucho más que eso. No es un placer enorme, es algo más que eso. Una sensación que siempre parecerá inédita: la sensación de que alguien ha llegado al centro mismo de cuanto has mantenido oculto, de todo cuanto eres. Al menos momentáneamente, alguien te comprende y descubre y sabe de ti todo lo necesario. Cuando la lengua dejó de profundizar, supe que estaba mirando mi culo, estudiándolo. Hay que conocer el campo de batalla, también de eso se trata. Él estudiaba mi culo, y yo, casi en cuatro patas, tenía delante la trastienda de una bodega, con sus sacos de harina, de arroz, sus ristras de ajo, sus cebollas, sus barriles de vino y manteca, sus jamones, sus colas de bacalaos salados. Un dedo ocupó el lugar de la lengua, y no me desagradó. En algún momento, no sé exactamente cuándo, Héctor se irguió. Advertí en mis nalgas el calor de su pinga. La cabeza de la pinga rozó el culo. Escupió en la pinga, lo escuché o lo intuí. Se escupió también en la mano, y después se acarició la pinga, mojó aún más el ojo de mi culo y supe que colocó la pinga en el lugar justo y que se dispuso bien y plegó las piernas y se aferró a mis caderas y empujó. Un fuerte dolor casi me hizo caer. Previendo eso, Héctor me había sujetado por la cintura. Me llevé la mano a la boca. Me dio una tregua, se detuvo unos segundos antes de volver a la carga. El dolor cedió. Quiero decir que el mismo dolor se volvió placer, dio paso a un gusto que hasta ese día nunca creí posible. Tal vez sea el único dolor que se convierta en delicia. La rama dorada de Héctor Galán se deslizó suave dentro de mi estuche dorado. De mi ojo escaparon reflejos dorados. Sereno, victorioso, el cuerpo del *pitcher* se dobló sobre el mío. Sentí músculos, la sacudida, el sudor, el jadeo. El jadeo del placer que sentía conmigo. Me supe generoso y mis manos buscaron las suyas, se aferraron a ellas. Vi el ambiente azuloso de la bodega y pensé que en esa generosidad consistía el amor. Escuché que decía algo sobre el culo, sobre mi culo, algún halago, porque el tono era de halago. No le entendí. Luego, cuando lo repitió, supe qué había dicho. Qué culo tan rico, maricón.

Y fue mi primera batalla y mi primer trofeo. Antes de cerrar los ojos descubrí un barril en el que había un joven dibujado, con pantalón por el tobillo, chaqueta y gorra, que me miraba y sonreía complacido. Tal vez la complacencia de la sonrisa se debía a que llevaba una gaita y quería soplarla. Mientras me cogían el culo, pude leer la inscripción: «Sidra El Gaitero, famosa en el mundo entero».

18

Llego a casa pasada la una de la mañana. Y la casa está oscura y también el jardín está apagado y en silencio, con ese silencio de Marianao que es un silencio provocador, a punto de convertirse en algarabía en cualquier momento, un silencio que retumba. Salto la verja con destreza, al fin y al cabo llevo un vestido de Vili, así que no limita los movimientos. Pienso que Victoria saltaría mejor que Fernando y me siento personaje de novela, monje-monja de novela gótica. Me deslizo como una sombra entre otras sombras. Rodeo la casa y, al pasar por la cocina, me sorprende descubrir que está abierta la puerta que conduce al patio. Espero unos segundos. ¿Y si alguien ha bajado a beber agua? El mutismo del patio entra y sale de la casa. Diría que persiste un lejano olor a café. En mi casa se toma café tanto para dormir como para despertar. Y ahora no se sabe qué está más oscuro y en silencio, si la casa o el patio, ¿o son uno los dos? Me arriesgo y entro a la cocina y, no bien traspongo el umbral, la puerta se cierra a mi espalda y una mano se apodera de mi cintura. El susto me paraliza en medio de la oscuridad. ¿Dónde estabas metida, jaeputa, niña mala?, te estaba esperando, y es la voz gallega de Aquilina Margarita Fouciño. A pesar del susto, no me pasa inadvertido el femenino con que se dirige a mí. No respondo, por miedo y por astucia. No puedo dormir, cabrona, dice, te necesito. Y me pone la mano en la cabeza y me obliga a bajar. Pienso: ésta es la noche de las manos en la cabeza. Otra vez de rodillas, en esta ocasión ante Aquilina. Se recuesta a la puerta, se levanta la saya. No lleva blúmer. A pesar de que está oscuro, la oscuridad de su papaya es una oscuridad mayor, selva oscura entre las piernas. Vello muy negro el de la gallega tropical. Empuja más mi cabeza. Pego la boca a su papaya y los pendejos negros me acarician la boca, las mejillas. Me sorprende un ligero gusto a orine, a humedad, a fondo marino que no resulta desagradable. Separa las piernas. Sus labios inferiores se abren un tanto, forman una cruz en relación con los míos. Vamos, Vili, no te demores, hazlo como sólo tú sabes, susurra Aquilina con voz de condenada a muerte que estuviera reclamando la absolución. Comienzo a pasar mi lengua por los labios gruesos, que se empapan más y más. Subo a su clítoris abultado, me detengo allí. Chupo y chupo. Aquilina comienza a moverse, a contonearse al ritmo de mi lengua. Regreso a los labios. Otra vez repaso con mi lengua la papaya caliente. Mi lengua se va embebiendo de un líquido espeso. A veces subo al ombligo y vuelvo a bajar. Separo mi boca, para desesperarla. Con las manos le acaricio los muslos, el culo. Mi lengua regresa rápida, como he visto que hacen las serpientes de las películas. Ya viene, niña, ya viene, exclama Aquilina como si viera venir un peligro que es al propio tiempo su salvación. Se chorrea y me chorrea y grita sin gritar y me aprieta la cabeza y comprendo que es el primer triunfo de mi lado Fernando. Nos quedamos quietos (debiera escribir «quietas»). Y la oigo respirar, salvada y feliz. Ahora yo a ti, dice al cabo de unos segundos. ¿A mí? Me incorporo con susto. No, a mí no, y le hablo bajo para que no sepa que yo soy yo: Hoy estoy cansada, Aquilina, mañana, Aquilina, mañana. Y ella, recostada aún a la puerta, continúa respirando hondo y suspira y dice con la más delicada de sus voces: Duerme bien, Vili, mi niña, jaeputa, lengüita de oro, duérmete tranquila y bien, los angelitos velan tu sueño.

19

Durante días viví en estado de dinámica languidez, lo que significa que, a pesar del abandono, de la
flojera en que me había dejado el descubrimiento
milagroso en la trastienda de la bodega, estaba muy
inquieto. Pasaba el día repitiendo aquellos versos de
un poeta que la Mamatina adoraba:

> De mi vida misteriosa,
> tétrica y desencantada,
> oirás contar una cosa
> que te deje el alma helada...

Desde que regresé a casa, andando por calles negras de silencio, por sobre nubes negras de silencio,
desde el portal del cine Alpha (adonde Héctor tuvo
la delicadeza de devolverme en su bicicleta), y mientras sentía cómo salía de mi culo y se deslizaba por
mis muslos la leche del *pitcher* (mi primer botín de
guerra), tuve conciencia, como la Victoria de la novela de Carrión, «del profundo cambio que acababa de realizarse en mi vida». Y eso que aún no había

saltado la verja ni me había encontrado con la mulata-galleguita Foucíño. A diferencia de Victoria (yo vivía treinta años después que ella y ya la retórica no era tan tremenda), no experimenté la sensación de «falta gravísima que manchaba para siempre mi existencia». Al contrario, yo anduve por las calles dormidas de mi barrio con una alegría inédita, un júbilo que surgía en mí y en mí terminaba, que no necesitaba compartir con nadie. Algunas veces me detenía, pasaba los dedos por la leche que corría por mis muslos, la saboreaba, exploraba el sabor también inédito, que me recordó la savia de alguna planta del jardín, un sabor semejante al jugo del marañón y que, como él, apretaba la boca. Por mucho tiempo, años incluso, cuando veía a Héctor Galán con el traje de Limonar Martínez, pitcheando en el estadio del instituto, o cantando, sentía que entre aquel hermoso ejemplar humano y yo se había creado algo invisible. Héctor Galán me pertenecía, y yo a él. El vínculo físico, por breve que hubiese sido, había dado lugar a un vínculo misterioso y oculto entre los dos. Algo suyo, de lo profundo de su cuerpo, había pasado a las profundidades del mío, y eso, se quiera o no, levanta un puente, un gran puente que no se le ve. De modo que durante días y días, los posteriores al encuentro en la trastienda de la bodega, viví sin vivir en mí, bajo la advocación de la sidra El Gaitero, famosa en el mundo entero. Me movía como si llevara alas en los pies y corona en la cabeza. Tanto más alado y coronado en la medida en que me dolía el culo. Porque, por supuesto, me dolía. Un dolor dulce. Otro botín de guerra. Un dolor que recordaba, porque lo era, un placer. Y que recordaba el otro placer que implicaba «haber sido» de alguien, o lo que es lo mismo, que alguien te hubiera «poseído». Un dolor que yo intentaba producirme de nuevo con dos de mis dedos, metiéndolos allí, en el ojete, para abrirlos luego, dilatar el ojete, revivir el primero de una larga serie de ensanchamientos. El dolor provocaba entusiasmo cuando, a la hora de sentarme, debía hacerlo sobre uno de mis muslos, sobre una pierna, para evitar que mi culo, gozosamente perjudicado, favorecido, cubierto, se expusiera a las maderas de las sillas, a las rejillas de los sillones, a los muelles tentadores de las butacas.

Y así, poco a poco y sin saberlo, me fui acercando a la noche en que miré el cielo estrellado, blanco de galaxias, o de cocuyos que parecían galaxias, de lucecitas en colores que parecían cocuyos, y me dije: Hoy es noche de Viernes Santo y hasta aquí llegué, ésta es la noche definitiva. Y esa noche sucedió algo de suma importancia, una epifanía que estoy a punto de revelar. Es indiscutible que no sabía que me acercaba poco a poco al futuro, porque el futuro es como una calle oscura que uno tiene delante y no ve muy bien (y perdona la vulgaridad, Moby). Además, reconozco que el combate con Héctor Galán no me llevó a olvidar al jardinero. Mucho menos desvaneció la vaga certeza de que ese jardinero había aparecido, más que el *pitcher,* por supuesto, para alterar radicalmente el curso de esa calle larga y tortuosa que era mi futuro. El *pitcher* había sido un modo de empedrar el camino hacia el jardinero, y por eso, todas las tardes, seguía sentándome allí, junto al pozo ciego del patio, para mirar cómo Tito Jamaica cuidaba las flores y sembraba, ahora moras, ahora claveles, mientras lo escuchaba cantar el calipso de turno:

> *Dance, sing, enjoy,*
> *let your body exude its joy,*
> *while dancing and eating*
> *the bananas from the garden,*
> *Yeh, yeh, yeh, mon, from the garden...*
> *Big bananas from the garden...*

Me encerré con él en la casita de los aperos durante otros aguaceros voluptuosamente inacabables. Tuvo algo de mágico oír la lluvia golpear en el techo, mientras él narraba historias sobre sus viajes a través del Monte Barreto, cómo se apostaba entre los marabúes y las uvas caletas para ver singando a las parejas que salían de misa de ocho en la espantosa iglesia de Jesús de Miramar. Cayeron truenos y más truenos y rayos y granizos y el chaparrón castigó el adobe de las tejas, al tiempo que el jardinero me contaba cómo pescaba los cangrejos de río, negros e inútiles como piedras, porque no se podían comer.

Algunas tardes me daba clases de inglés. Sin duda ignoraba que yo sabía tanto inglés como español, ya que mi escuela era la famosa academia bilingüe de la profesora Miguelita Su (una señorita de Savannah, Georgia), exclusivamente creada para los hijos de oficiales de alta graduación. Y yo tenía el cuidado de no aclararle que sabía casi más inglés que él. A veces hasta pronunciaba mal una frase, decía: *I am real liqu yuu,* para que él acercara su boca a la mía, pusiera sus manos en mis mejillas y me obligara a repetir: *I really like you.* Entonces sentía cómo el calor de su aliento despertaba un cosquilleo en mi cuerpo. Especialmente, ese sobresalto en el plexo solar del que suelen hablar los pretenciosos que teorizan sobre el amor. *I really like you,* insistía yo entonces, como en sueños. Y me veía en sus ojos. Y esto, aunque parezca una frase de bolero, no lo es. Cuando digo que me veía en sus ojos quiero decir que mi reflejo estaba allí, empequeñecido, extraño, un poco distorsionado y tal vez indefenso. Mi cara se reproducía en las pupilas negras. *I really like you.* Él sonreía. Chico, qué rápido aprendes. Qué bien enseñas, respondía aquel muchacho de quince años que ya se preparaba para las ofensivas interminables de la guerra y de la vida, que son lo mismo. Él sonreía con jovialidad. Descubría yo que uno de sus dientes estaba ligeramente partido. De morder, explicaba él. Me gusta romper cocos con los dientes. O aclaraba que había sido con un arrecife, en la costa, buscando corales, buceando en Jaimanitas. O quizá no, quizá no fue rompiendo cocos ni buceando en Jaimanitas, sino por aquella caída de bicicleta el día de marzo en que Mulato Lindo dio el golpe de Estado. Siempre fui un niño travieso, decía. Ya no soy niño y sigo siendo travieso. *I really like you.* Y eso que tengo una dentadura de hierro. Toca, toca para que veas. Y tocaba yo con la punta de un dedo los dientes que no eran de hierro, sí fuertes, bien ajustados en las encías oscuras de alguien que había venido de las negruras soleadas de Trinidad y Tobago. *I really like you.* Para conservar los dientes así, hay que beber mucha leche. ¿Te gusta la leche? ¿Que si me gusta?, ¡vaya que si me gusta la leche!, como a un ternero. Pues sí, a mí me criaron con leche de chiva. Dice mi madre que es la mejor leche. ¿A ti qué leche te gusta? No sé, todas, la leche..., todas. La leche baja muy bien por la garganta. Ah, vaya, ¿y con azúcar o sin azúcar? Sin azúcar. ¿Y has bebido leche de coco? No. Un día te la voy a preparar. Eso espero. Es fácil, hay

190

que coger la chicha de un coco, exprimirla y mezclarla con agua, con agua de coco, claro. Un día te la voy a dar, te vas a acordar de mí. Claro, me voy a acordar de ti. El coco también es bueno. Claro, como la leche. Y el plátano. ¿El plátano no tiene leche? ¿La mata de plátano dices? Cuando yo era niño me singaba las matas de plátano. ¿Cómo? Los troncos son húmedos y suaves, como un culo. Nunca había oído eso. Hay muchas cosas que no has oído. Ya. A ver, me dice, repite: *Bananas from the garden.* Y yo digo: *Banananasfomdegardin.* No, no seas bruto. Venga, repite. Y yo digo: *I really like you.* ¿Sabes lo que es buenísimo para la garganta?, me dice, pues un ponche de leche, huevo y un chorrito de ron, y ah, sí, también un poquito de vainilla, o de nuez moscada, y ¿sabes una cosa?, la leche es buena para que crezca la pinga. Yo ponía carita Minín Bujones y preguntaba: ¿Y para qué hace falta que crezca la pinga? Tito Jamaica me miraba como King Kong hubiera mirado a Minín Bujones en un encuentro improbable. Para todo, chico, la vida de uno está aquí, y se tocaba la prominencia de su entrepierna, y yo volvía a experimentar el sobresalto del plexo solar. La vida está ahí, repetía yo, y miraba con descaro el lugar donde su mano permanecía. Sí, aquí y en otros lugares. ¿En qué otros lugares? No quieras saber tanto de golpe, tú, pero, en fin, un día te voy a enseñar a ti cuatro cosas. ¿Qué, qué me vas a enseñar? Cuatro cosas y una sorpresa. Enséñamela ahora. A su tiempo. *I really like you.* Hay un tiempo para cada cosa, ¿no?, nadie nace la víspera. Bonita frase, ¿de dónde la sacaste? Pasito a pasito, chico, no hay que poner la carreta delante de los bueyes. Otra frase bonita. La lluvia. La lluvia terminaba por aislar la casita de los aperos. Nada más: la casita y el hombre que era al mismo tiempo dos hombres. El olor a tierra empapada no lograba apagar el olor de su sudor. Un trueno y llovía con el regocijo con que llovía en aquellos años. Otro trueno y llovía más y más. Esto es el fin del mundo, decía yo. No, chico, no, es el principio. El mundo comienza hoy, no lo dudes, comienza hoy. Te quiero, Tito, decía yo, influido de algún modo por las radionovelas de la Mamatina. Y él me abrazaba. Ya sé que me quieres, chico, lo sé. Mi cara quedaba contra su pecho; mi boca percibía ligeramente la sal del sudor. Esto es un cariño de hombres, decía él.

(Ya lo sé: Tito Jamaica no era un hombre, sino dos. Parecía custodiado por sí mismo. Dos cuerpos, dos poderes, dos olores, dos encantos, dos jardineros, y cada movimiento suyo, cada gesto, cada palabra, tenían su eco y su reflejo, y el eco de otro eco. Seducía tanto por él como por la murmuración de aquel otro que lo seguía como una sombra. Con lo cual, y frente a él, había que permanecer doblemente alerta, con las estrategias precisas y las armas limpias, y bien aceitadas.)

Luego de contar historias, y como el aguacero se prolongara hasta el anochecer, iba a bañarse en la lluvia. Porque la lluvia lo revitalizaba, decía, como si fuera posible que algo pudiera darle más vida. Se quitaba el pantalón y quedaba únicamente vestido con un calzoncillo blanco, de tela, ajustado con lacito en la parte trasera de la cintura. Abría la puerta de la casita, salía al jardín, cantaba:

O, look how the sky fallin' meh, friend,
the rain is like God roaring.
Doh leave me here alone, O, no, no,
let meh body get a soaking,
Let God fall down on me too.
O, yes, give me a little rain too, meh friend,
I want to be happy too.

Y yo prefería mirarlo desde la puerta, porque si hubiera salido al aguacero, mis sentidos se habrían dispersado y yo prefería concentrarme, observar. La observación despertaba otros sentidos. Él abría los brazos y, si hubiera querido, habría podido gritar que todo cuanto era, era en Dios; si hubiera querido, habría podido gritar: Yo sólo soy mi Dios y me absuelvo. A su alrededor, la lluvia confundía el paisaje, lo cubría de gris y desaparecían árboles, casas lejanas, gajos de guárana, pozo ciego: una impresión en cuyo centro se alzaba el cuerpo que el agua perfilaba y hacía brillar. La tela de algodón del calzoncillo se le pegaba a las nalgas, mostraba la musculada exactitud de sus nalgas de mestizo, la definida dureza. La tela se le pegaba al rabo, a los huevos, ciñéndolos. Me daba gusto ver el vello de su pecho, de sus axilas, cómo el vello perdía el rizo y se le pegaba a la piel, y no se sabía qué o quién gozaba más, si el cuerpo bajo el agua o el agua sobre el cuerpo.

20

Otras tardes, Moby Dick, ¿lo recuerdas?, los fines de semana, me voy a escuchar música a tu casa. Tu padre te ha comprado un Steinway & Son, vertical y desvencijado, aunque suena bien, ante el que tú te sientas como un Rubinstein con justa pincelada de Liberace. Mientras tocas un nocturno de Chopin, miramos por la ventana la casa del limpiabotas Bonifacio Byrne. No se llama así, sino Saro Limón; le dicen Bonifacio Byrne porque ha izado en el techo de su casucha una bandera cubana que no puede estar más descolorida y rota. Una bandera que concuerda con la casucha. Bonifacio Byrne es el padre de Minina y Lalita, las jóvenes tamaleras. Se pasan el día en el patio despajando maíz, desgranándolo, moliéndolo, cocinándolo para hacer los tamales. El hermano mayor, Pirulo el Piojillo, el muchacho que no habla y duerme mucho, se encarga de venderlos. Cuando no duerme, Pirulo anda con los tamales por todo Marianao, los lleva en dos latas (en una dice: «pican», en la otra: «no pican») unidas por un palo. Se le puede ver a cualquier hora del día por la clínica María Milagrosa, por la Quincallera, los alrededores de la funeraria, el cine Principal o el cine Record, por el Hipódromo o la Plaza de Marianao. A pesar de que son tamaleras, las hijas de Bonifacio Byrne poseen una extraña belleza. Son rubias, de ojos azules, pecosas y tamaleras, porque Cuba, entre otras cosas, es el lugar donde las rubias pueden ser tamaleras y donde las tamaleras también hacen otras cosas, como es natural. Cuando Bonifacio Byrne se marcha a donde tiene su sillón de limpiabotas, en un portal justo al lado de la notaría del doctor Magdaleno Chils Navarrete, uno de los mejores abogados y notarios públicos de Marianao, cuando el viejo Byrne se aleja con sus betunes y sus tintas y sus franelas, Minina y Lalita se turnan en la cocción de los tamales y hacen otras cosas tan beneficiosas como los tamales. Atienden a señores ávidos. Entre Chopin y Chopin y algún que otro Debussy achopinado, tú me llevas a verlas. Se entra por un pasillito estrecho que conduce al patio. Allí, bajo una ceiba, están los fogones de leña y los calderos con el agua hirviendo de los tamales. Lalita me saluda, con un beso, zalamera. Es una muchacha de unos veinticinco años que me acoge cariñosa, porque es cándida y hermosa como la flor del café. ¿Qué quieres?, pregunta. Tú te adelantas y respondes por mí: No quiere tamales, quiere pan, exclamas, expedito. ¿Pan? Bollo, querida, bollo. Ah, sí, bollo. ¿Y quién...? Lalita no termina la pregunta, y une el índice y el pulgar, los fro-

196

ta: dinero. Yo me encargo, respondes tú, categórico, como cuando acometes las contradanzas de Saumell. Lalita se vuelve, desaparece tras una puerta de cristales rojos. Me das un empujón para que la siga. Al combate corred, bayameses. Que la patria os contempla orgullosa, continúa Minina, que se acerca a ti como si acabara de descubrir que tú, mi amigo, eres el centro de su vida. Cuando atravieso la puerta de cristales rojos, entro a un cuarto pequeño en el que hay una cama, o mejor dicho una camita, de esas que llaman pin-pan-pun. Lalita está desnuda. No entiendo cómo ha podido desnudarse tan rápido, y tampoco es que me importe. Es delgada, puedo ver sus costillas, sus pechos con dos pezoncitos maternales, redondos, rosados, que logran romper la monotonía del torso blanquísimo. La veo mucho mejor que aquella noche en el cementerio. Hasta puedo distinguir el hueso del pubis, porque tiene poco vello y es muy lacio y, de tan rubio, parece la pelusa blancuzca de las mazorcas de maíz. Viene hacia mí, me besa. Un beso rápido, furtivo, casi casto, seguramente soñado en sus lúgubres noches. Sus labios suaves, pequeños y dados a la sonrisa tímida. Me desnuda con calma, como si tuviera todo el tiempo del mundo para desnudarme. Mi lado Fernando asume su papel y descubro que mi pinga reacciona a ese esmero, a la solicitud con que va quitándome la ropa. Cuando estoy completamente desnudo frente a ella, se aleja para mirarme. Dice que soy lindo. No dice «hermoso», no dice «estás bueno», dice «lindo», y la palabra viene a revelarme algo sobre mí que ya sospechaba. Entonces se arrodilla. Me acaricia los cojones y abre la boca para que mi pinga entre en ella. No tiene la maestría que aprendí de Lady Abinger, aunque sabe algo importante: que no se usan los dientes, que los dientes deben quedar fuera. El buen mamador actúa como si fuera un desdentado, razón por la cual numerosas locas cubanas se sacaron los dientes sin necesidad. Chupa, le digo. Ella chupa, se yergue y me besa. Muerdo los labios suaves, de mujer suave. Se acuesta. Me acuesto junto a ella, como un villano de película. Ella toma mi mano, la lleva a su chocho. Acaríciame la raja, pide. Me muestro dócil, acaricio su raja con mis dedos. Está húmeda y caliente, como el interior de un molusco de aguas tropicales. También huele como el interior de los moluscos de aguas tropicales. ¿No piensas entrar?, no puedes demorarte mucho, tengo que trabajar, los tamales están esperando por mí. Levanta las piernas. Me arrodillo frente a ella. Introduzco mi pinga en su bollo cálido, suave y sin esfuerzo. Qué grande tienes la papaya, digo. Ella sonríe. Y es verdad, lo de la papaya se lo digo de verdad, porque es como si hubiera entrado en la pulpa de una fruta blanda y sabrosa. Papaya, repito sin ton ni son. No te vayas a venir, ordena ella sin dejar de sonreír. ¿Y qué hago? Se mueve. Me muevo. ¿Qué hago? Me muevo. No te vayas a venir. ¿Qué hago, si me gusta tu papaya? Te tengo una sorpresa, porque si te gusta la papaya también te va a gustar un buen mamey. No, ahora no quiero sorpresas, proclamo con ardor. Ésta sí, ésta te va a gustar. Con agilidad se escurre, huye, me deja solo en la cama. Desaparece. La llamo sobresaltado, sin venirme, con una pinga que no parece mía, más grande y dura que nunca. Se abre la puerta y entra Pirulo el Piojillo. Desnudo también. Un hombrón que sin embargo parece más niño que ella y más niño que yo, con su aire lánguido de quien sólo espera un instante entre una vigilia y otra para volverse a dormir. Me toma de una mano y me obliga a levantarme. Ven, dice, y es tanta la dulzura con que lo dice que me resulta imposible negarme. Creo, además, que es la primera vez que escucho su voz, una voz de hombre que habla como en sueños. Pasamos a otra habitación donde sólo hay una silla. Siéntate. Cuando estoy sentado, él se sienta sobre mí, de frente. Su cara no da la menor muestra de dolor. La pinga, mi pinga, entra en su culo como entró en el bollo de su hermana, con idéntica facilidad. Mi culo es mejor que su bollo, me dice al oído. Le digo que sí, porque creo que tiene razón. Descansa su frente en mi hombro. Lo abrazo. Y no, no está dormido, porque se mueve sabio, es decir suave, acompasado, alternando el ritmo. Yo sí quiero tu leche, revela. Y lo abrazo más y lo beso en el cuello. Y estoy a punto de venirme. *I'm coming.* Y él, con mayor maestría, hace más lentos los movimientos. Cojones, Pirulo, que me vengo. Y siento que mi pecho se llena de un líquido caliente y espeso, la leche de Pirulo, no la mía, porque la mía ha golpeado las paredes del recto de Pirulo. Él se ha venido sobre mí, sin tocarse. Durante un rato permanecemos abrazados, sin hablar, sin movernos. Luego se levanta con calma, se pierde por una puerta y pienso que se echará en cualquier sitio, que enseguida se quedará dormido. Pero no es así, regresa y trae una toalla empapada de agua caliente, me limpia bien y me besa. Tiene los mismos labios de su hermana, la misma suavidad. ¿Te gustó? Lo abrazo para decirle que sí. Cada vez que quieras, aclara con los ojos bajos, a punto de cerrarse, a mí no tienes que pagarme nada, me aclara, tímido, sumiso, afectuoso, casi dormido. Se merece un beso, se lo doy. Vuelvo a abrazarlo. Él es la verdadera flor del café. Entra Minina con un tamal humeante en un plato. Niño, cómetelo, me ordena, mira que tiene carne de puerco.

21

Todo llega en esta vida, y así un viernes siguió a otro y a otro y a otro, hasta que llegó uno llamado Santo. La calle Medrano, desde Steinhart hasta Santa Petronila, se llenó de lámparas chinas y bombillos en colores que fueron iluminándose a medida que caía la noche. En Marianao, la oscuridad siempre caía de pronto, como si el límite entre el día y la noche fuera un trazo demasiado fino. No obstante, esa vez la noche cayó como una neblina que se desplegaba poco a poco y, al principio, las luces de las lámparas chinas y los bombillos en colores parecieron absurdos, fuera de lugar. Más cosas había fuera de lugar: la multitud que llenó las calles desde temprano, y el humo de los portales, o mejor dicho, el humo de los hornos de los portales donde se asaban los lechones, de los fogones donde se cocinaban los tamales y las yucas. En las farolas de cada esquina se prendieron altavoces con sones y guarachas, Celia Cruz con la Sonora Matancera: En mi Cuba nace una mata, que sin permiso no se pue tumbá, no se pue tumbá... Había cartones grandes con la imagen del Cristo sufriente y vestido de morado al que llamaban «de la Paciencia y la Humildad», y, bajo las imágenes, ramitas de flores de papel y pencas de areca.

Al primero que vi, bajando desde la agencia Ford, fue al Negro Tola, hermoso como un príncipe negro, vestido de punta en blanco, con guayabera, pantalón de dril, zapatos de dos tonos, sombrero panamá echado hacia un lado, con cuidadísimo descuido, y un pañolón azul con el que a ratos se secaba la frente y la nuca. Como de costumbre, no parecía un vendedor de frutas, sino Kid Chocolate, y avanzaba como si bailara sobre un ring de boxeo. Me saludó con una sonrisa y un gesto de la mano. En el portal del tren de lavado chino estabas tú, sentado en un sillón, también vestido de blanco y más negro y gordo que nunca. La lavandería se llamaba enigmáticamente La Cubana Japonesa y pertenecía a un grupo de chinos, como todas las lavanderías de Marianao. Me hiciste señas para que me acercara. Me saludaste con gesto y voz de Luis Pérez Meza: Quíubole, niño lindo. Miraste con prudencia hacia la esquina y agregaste: Hoy la cosa está buena. No te entendí y me senté en el suelo, a tu lado. ¿Quieres ver lo que está pasando? Sí, sí quiero: sabía que si tú lo decías, algo importante estaba pasando. Siempre te vanagloriabas de

202

tener la última noticia, de saber algo que los demás ignoraban. ¿Estás seguro?, mira que es algo fuerte. Estoy seguro, Moby, respondí, no le des más vueltas, sea lo que sea quiero verlo. En ese instante se dejó de escuchar la Sonora Matancera. Se hizo un gran silencio. Las hermanas Landín, Gladys y Pequeñita, las francesas, descalzas y vestidas de negro, con peinetas y mantillas, pasaron agitando maracas y diciendo: Ya sale, ya viene, ya viene la procesión. También pasó Rosita Alonso, más conocida por el sobrenombre de Piruca Malaliento, bailando una conga sin música, chillando que ya venía la procesión. De repente la calle desbordó de gente. No sé de dónde podía salir aquella multitud. Cada año sucedía igual y cada año me intrigaba lo mismo. ¿Quieres ver algo maravilloso?, preguntaste. Siempre quiero ver algo maravilloso, confesé tratando de ser ingenioso. Allá tú. También quiero ver la procesión. No hay prisa, niño, la procesión todavía tardará media hora en llegar. ¿Qué hago? Fácil, ve por detrás y asómate a la única ventana de la lavandería que da a la calle. Y yo bordeé el edificio de La Cubana Japonesa, una casa vieja, larga y estrecha, con muchos cuartos, paredes altas y techo a dos aguas, rodeada por una vegetación copiosa y desordenada. Según se contaba, allí antaño hubo un prostíbulo, el prostíbulo Wood (apellido que en Cuba se suele pronunciar con sobresalto y terror), para soldados norteamericanos, en tiempos de la primera intervención. También se contaba que seguía siendo un prostíbulo de chinas y de japonesas, y que lo del tren de lavado era una tapadera de lo que en verdad se limpiaba. Una japonesa gorda, borracha, tan circunspecta como iracunda, y muy mala persona, se decía, y llamada así, la Japonesa, dirigía el negocio, fuera éste el que fuera. Iba vestida siempre con kimono rojo y caminaba dando salticos. Se rumoreaba que la japonesa gorda era en realidad un japonés gordo. Confusión producida, supongo, por el rasgo asexuado que a veces pueden tener los japoneses o japonesas cuando son gordos, recalcado por lo ambiguos que llegan a resultar los kimonos, en primer lugar los kimonos rojos. También se decía que esta japonesa/japonés era tan envidiosa que había matado a su hermana mayor. Se decía incluso que presumía de conocer muy bien a Confucio, y que tenía, entre sus vicios ocultos, uno que resultó ser cierto. Anduve como pude por entre la maleza que bordeaba La Cubana Japonesa. Caí entonces en la cuenta de por qué dejaban crecer el matorral a la buena de Dios, ya que de ese modo se evitaban las miradas indiscretas. Llegué a la última ventana; a pesar de que estaba abierta de par en par, había sido cubierta por una tela metálica. Comprobé asimismo que se alzaba como a dos metros del suelo, aunque alguien (seguramente tú) había colocado unas útiles cajas de cerveza vacías. Subí a ellas. Miré con cuidado, a pesar de que el sigilo era innecesario: la noche me protegía, y además la habitación estaba profusamente iluminada con luces de neón, en colores, lo que hacía más improbable que desde el interior pudieran descubrir a alguien amparado en la oscuridad del exterior. El cuarto no era amplio, y las paredes estaban cubiertas por azulejos blancos que se deshacían en chispas como las perlas rotas de un collar. Aquello semejaba una fiesta en un salón de operaciones. Acostada en el suelo, o en una bañera de alabastro, con su kimono rojo, vi a la gorda japonesa, borracha, hinchada, confucionista. Frente a ella, había un soldado. No un soldado cualquiera, sino el mulato Martínez, ordenanza de mi padre. Martínez estaba desnudo y orinaba a la extraña hija de *The House of the Rising Sun*. No podía saberse si a la japonesa le resultaba agradable o desagradable, porque no perdía su grave compostura (o bien filosófica o bien de mala persona), la circunspección de su lado kabuki, seguramente dañado por las pobrezas de un cerebro embotado y las vehemencias de una sangre excesivamente alcoholizada. El mulato Martínez dirigía su potente chorro de orina hacia la cara lavada, redonda, entorpecida, blanquísima de la japonesa. Con los ojos cerrados y la boca entreabierta, la extraña mujer pasaba una lengüita paciente por sus labios de emperatriz vencida. (Más tarde supe que ni siquiera era japonesa, sino oriunda de un caserío llamado La Curva de Cantarrana, cerca de un caserío con nombre de horno, Anafe). Pero la escena del soldado

Martínez orinando a la japonesa gorda no era la más llamativa. A tres metros había un hombre sentado en una butaca, con una chinita entre las piernas y, en una mano, un vaso de alguna bebida con hielo, probablemente aguardiente con limón. Desnuda, la chinita se veía desprotegida, con los senitos frágiles y el chochito diminuto, rapado (mínima sonrisita vertical). Me dijiste más tarde que no era ninguna niña, y que no estaba, ni mucho menos, desprotegida, que ya la conocías, y que las chinas y las japonesas y las filipinas y las anamitas, aunque tuvieran cien años, solían parecer niñas. De cualquier modo, me daba lo mismo la edad que tuviera la china, porque no era eso lo que me llamó la atención. El hombre sentado en la butaca era mi padre. Sí, era, nada más y nada menos, el Sargento de Bronce. Mi católico y estricto padre introducía el dedo corazón de su mano derecha en el chochito de la chinita que no era tan chinita, lo llevaba luego al vaso, revolvía con él la bebida y los trozos de hielo, y de ahí a la boca, para ensalivarlo y regresar a escarbar las recónditas y misteriosas concavidades. No supe si ella gozaba, pues su inmovilidad y su cara de loza revelaban muy poco. Mi padre sí debía de estar pasándoselo bien: tenía la guerrera abierta, la cabeza echada hacia atrás, los ojos en blanco, y respiraba con fuerza. A ratos bebía directamente del vaso. Por su parte, el mulato Martínez parecía dispuesto a no terminar nunca de orinar, mientras la japonesa gorda, o el japonés gordo, parecía el oficiante de una religión muy antigua celebrando la primera lluvia de la temporada. No quise ver más; aquello no parecía tener otro desenlace que el de una japonesa orinada por el ordenanza de mi padre y una china explorada por el oficial, es decir, mi padre.

Regresé donde estabas tú, que fingiste indiferencia, tanto mayor en la medida en que conocías mi desconcierto. Hace calor, dijiste. Mucho, respondí como si no pasara nada, por no darle gusto, pues sabía que mi aparente desgana te sacaba de quicio. Pregunté: ¿Falta mucho para la procesión? Te abanicaste con las manos y dijiste: Ahí tienes a Piruca Malaliento con la boca abierta, eso quiere decir que ya están llegando. En efecto, la pobre Piruca Malaliento no bailaba su conga sin música. Estaba quieta en la noche y semejaba la imagen en madera carcomida de una santa patrona. Además, se escuchaban los bombos y las botas militares. Durante minutos fue sólo eso, el repique y el fuerte olor de los lechones que se asaban. El humo de los hornos huía hacia las luces en colores como en algunas puestas teatrales. Diez o doce niños aparecieron corriendo de espaldas. Tras ellos, el padre Goyo Nacianceno abría la marcha con un estandarte morado. Luego, el gran flautista Roberto Ondina dirigía, con batuta dorada, una banda de soldados que tocaba algo que recordaba lejanamente el miserere de *El trovador*. Detrás de la banda, dos hileras de cadetes semidesnudos, supuesta imitación de centuriones romanos, portaban antorchas. Otra hilera de cadetes, éstos con cascos y armas largas. Los seguía un grupo de muchachas, no sé si ataviadas como Magdalenas o como vírgenes. Y por fin, el Cristo de la parroquia, con su semblante doloroso, sobre la gran peana dorada, llevada a hombros del equipo de remeros de la Ciudad Militar de Columbia. Esto último, lo de que pertenecían al equipo de remo, me lo contaste tú, claro está, yo nada sabía de aquellos muchachos duros como estatuas de bronce que, sudorosos, portaban al Cristo afligido. Cerrando la procesión iba el pueblo en tandas, todo cargado de flores de papel crepé y banderitas cubanas. El paso no era lento, como en las procesiones tradicionales. Los bombos imponían el ritmo del paso, y el desfile se deslizó rápido como una exhalación frente a nosotros, dejando a Piruca Malaliento más inmóvil y con la boca aún más abierta, y subió rumbo a Steinhart, donde seguramente doblaría hacia la parroquia. Al final no supimos si había sido una procesión verdadera o fruto de la fantasía. Y como para acentuar la sensación de extrañeza, en cuanto la última banderita del desfile se perdió por entre los árboles de la calle Panorama, Medrano volvió a la normalidad de los lechones, de los hornos, de los tamales, de las yucas, de las malangas hervidas, de las cervezas heladas en tanques repletos de hielo, y en los altavoces se escuchó otra vez a Celia Cruz, que, acompañada por la Sonora Matancera, cantaba: Cao, cao, maní picao.

Vamos a comer algo, ordenaste, y te levantaste del asiento con gesticulación de mariscal Kutúzov. Ya he dicho que vestías de blanco, pero no he dicho que llevabas camisa y pantalón de hilo y mocasines de piel de chivo que te hacían lucir aún más negro y gordo. Siempre me ha llamado la atención por qué los negros, cuanto más negros, más gustan de la ropa blanca. Utilizabas además un pañuelo, también blanco, con el que te secabas el constante sudor de la frente y las sienes. Te habías trabado, entre el pelo encrespado y las orejas, algunas ramas de paraíso, que, según decían, espantaba las guasasas y las moscas y aliviaba los dolores de cabeza. Vamos a comer algo, ordenaste, y de paso echamos una ojeada a las tropas. Tenías la costumbre de acompañar tus palabras con gestos de las manos, de los dedos finos, como si tocaras, en un piano imaginario, una imaginaria pieza de jazz.

Qué negro, qué gordo y qué negro y qué buen pianista eras, Pepitino G. Justiniani, más conocido como Moby Dick. Entonces no sabíamos que morirías joven y descansarías en un cementerio del Bronx, donde serías vecino de Miles Davis y Duke Ellington. En aquellos años, aunque parecías de vuelta de todas las cosas, si alguien nos hubiera dicho que aquello pasaría, que llegaría un período atroz, que nos dispersaríamos por el mundo, que nos fugaríamos como tórtolas, y que para colmo íbamos a morir, nos hubiéramos reído a carcajadas. Qué coño, si éramos felices y por lo mismo, y para siempre, inmortales. Inmortales e inmorales, hubieras agregado tú, que por algo existe únicamente una flaquita «t» de diferencia... Pues sí, ¿y qué? Bien, Moby, fuiste tú quien más me habló de la muerte, de eros y tánatos, como si supieras lo que sobrevendría.

Bajamos por la calle Medrano, hacia el instituto. Tú con paso de mariscal de campo; yo, blanco, o más bien blanquito, mínimo a tu lado, frágil como una doncella que el mariscal hubiera rescatado del fuego enemigo. En el portalón de la quincalla de Clarita, iluminado por guirnaldas que se encendían y apagaban, como si estuviéramos en Navidad, habían improvisado una mesa con largas planchas de madera sobre la que descansaban lechones dorados y abiertos. Majita Dunsay, la mexicana, repartía trozos de puerco asado en platos de cartón. En cuanto nos vio, sonrió y nos hizo una seña cómplice. Nos dio un plato a cada uno con carne y yucas aderezadas. Nos sentamos a comer en el muro del portal de Bebo San Marín. Comimos con los ojos cerrados. El lechón tenía el habitual gusto a carne fresca, naranja agria, orégano y ajo. La yuca era blanca y jugosa como la carne. Nada como un buen trozo de yuca, exclamaste con la boca llena. ¿Por qué dices eso?, pregunté. Me miraste con los ojos entrecerrados, fingiendo que no entendías mi pregunta. ¿Por qué digo qué? Que no hay nada como un buen trozo de yuca. ¿Y cuál es el misterio?, seguiste, acabo de decir una frase completamente natural, anodina, diría que hasta tonta, ni un niño lo discutiría: si la yuca es buena, es mejor un gran trozo que un trocito. Te guiñé un ojo: No, Moby, tú sabes bien lo que te estoy preguntando. No, ¿qué me estás preguntando?, ¿por qué es mejor un buen trozo que un trocito de yuca? Sencilla respuesta: pues porque, primero, en el trozo grande hay más yuca que comer, y si hay más yuca que comer, el deleite se prolonga y se prolonga, uno come y come y come, yuca y yuca, ¿y eso, niño, te parece poco? Bueno, admití, haré la pregunta de otro modo. Sí, creo que debes dejarte de mariconerías y preguntar exactamente lo que quieres preguntar. Suspiré, mastiqué un trozo de lechón. ¿Por qué es admirable una pinga grande?, ¿por qué tiene alguien que vanagloriarse de algo que no obedece a la fuerza del coraje, de la voluntad, de los méritos, sino del azar, del estricto azar?, ¿por qué admiramos al hombre que tiene un rabo grande y gordo si no es algo que dependa de su inteligencia, de su obstinación?, mira, por ejemplo, cómo va por la vida el dueño de una gran mandarria, mira con qué seguridad anda por la vida, con qué seguridad se mueve, con qué seguridad se detiene, observa, fuma, conversa, con qué seguridad pide un vaso de agua, se acomoda la camisa o saca la llave para abrir una puerta... Tú también saboreaste tu lechón antes de señalar: Perfecto, y mira después a su contrario, al que tiene la pinga chiquita, qué desasosiego, qué titubeo a la hora de andar, como si no supiera adónde va, qué manera tan desesperada de beber ron, de golpear a la mujer o a la madre, ¿no es eso? Así mismo, afirmé. Así mismo, repetiste. Tomaste entre tus manos un trozo de yuca y dijiste: Pues yo creo que una pinga grande es más admirable que una chiquita por muchas razones, y la primera tiene que ver con el apetito de los ojos, o sea, con el hecho de que cualquier alimento, antes de ser degustado y admirado por la boca, es admirado por los ojos, me parece hasta inútil afirmar que las cosas con volumen son más hermosas que las cosas sin volumen o con volumen miserable, como diría cualquier pintor, escultor o arquitecto. Dejaste caer en tu boca el trozo de yuca y masticaste con gusto y lentitud. Por los altavoces se escuchaba ahora a la orquesta Jorrín; algunas parejas bailaban con la debida concentración. Primero los ojos, continuaste, la belleza del volumen, de lo abundante sobre lo insuficiente, luego otra sencilla observación: cuando algo te gusta mucho no quieres que se acabe, si tienes un gran trozo de yuca comes más que si tienes un pedacito, mira qué simple. Eso no puede ser todo, observé tímidamente. No lo es, replicaste con un dedo en alto, claro que no lo es. Pareciste concentrarte en los que bailaban el chachachá, y negaste con la cabeza. Hay algo que tiene que ver con la posibilidad de manipulación, de maniobra. No repliqué, te conocía bien, sabía que lo importante estaba por venir. Las manos, la boca, el cuerpo mismo se desempeña mejor con lo desarrollado que con lo reducido, es obvio, o si no, intenta escribir con un lápiz de una pulgada y con poco grafito, para que veas el trabajo que pasas.

Dejamos los platos de cartón vacíos sobre los sillones sucios y echamos a andar hacia el gran patio de la Escuela de Kindergarten, donde la fiesta del Viernes Santo era todavía más festiva, pues allí habían levantado una tarima para que tocara una orquesta de bongoes y cornetas chinas. Tú alzaste la cabeza con resignación y exclamaste: ¡Mira quién viene por ahí!, el famoso asesino Vili *the Kid*. En efecto, mi hermana venía hacia nosotros. Aunque con falda negra, parecía vestida de ganadera de Nebraska. Te pusiste una mano en la boca y dijiste, fingiendo que susurrabas: ¡Dios mío, si parece Mercedes McCambridge en *Johnny Guitar!* Mi hermana, que te oyó, no pudo dejar de sonreír y saludó: ¿Qué dice Hattie McDaniel, niñera y educadora de Vivien Leigh? Encajaste el golpe como pudiste. A pesar de su poco sentido del humor, mi hermana a veces tenía salidas ingeniosas. ¿Adónde vas, querida, en esta noche de Viernes Santo?, le preguntaste. A la parroquia, contestó mi hermana, que me miró y añadió: Hay misa, cuando llegue el Cristo, y me señaló con el dedo: La Mamatina nos espera. Voy enseguida, mentí. ¿De qué hablaban?, quiso saber entonces mi hermana. Tú hiciste un gesto con la mano que quería significar: De muchas cosas, pero en cambio le soltaste: De algo que tú nunca entenderías. ¿Por qué?, insistió mi hermana. Porque hablábamos de los árboles, de los troncos de los árboles, y creo que no te interesan ni la botánica ni los recursos madereros. En eso tienes razón, contestó ella. Entonces, dime, ¿qué te interesa? Mi hermana se pasó una mano por la cabeza y dijo que tenía que pensarlo. No le diste tiempo: A ti te gusta la repostería. Sin ofenderse,

Vili te miró y respondió rapidísima: Eso, y cazar ballenas, no sabes cómo me gusta cazar ballenas. No pude evitar la carcajada. Mi hermana me lanzó un beso y agregó: Eres un ángel, querido Chatterley, te espero en la parroquia, tenemos que arrodillarnos al lado de la Mamatina, y por cierto ¿has visto a papá? No, respondí. Está en China, dijiste tú entonces, ese hombre adora las civilizaciones antiguas. Vili captó que era una maledicencia que no comprendía, pero tampoco le importó. No te soporto, Moby Dick. Yo tampoco a ti, capitán Ahab. Me voy, dijo, adiós, cuidado con los cazadores y los tirapiedras, que matan lo mismo ballenas que bijiritas. Vete a la mierda con tu arpón, dijiste, y la despediste con una mueca que pretendía ser un beso. Mi hermana se alejó con aspecto de vaquera de Nebraska y la sonrisa satisfecha de quien acaba de prender fuego a la taberna de Joan Crawford en *Johnny Guitar*. Qué pesado el tozudo marino perseguidor de ballenas, te quejaste cuando nos quedamos solos. Pasamos por la bodega de Plácido, abierta a esa hora de la noche, con la barra llena de hombres y mujeres que bebían y jugaban al cubilete. Frente a la bodega, vi el Ford Thunderbird del tío Mirén. Lo busqué entre los que jugaban al cubilete. Estaba un poco apartado, con la camisa abierta, conversando animadamente con Walkiria, la profesora de piano. En la victrola, Blanca Rosa Gil revelaba que besos de fuego eran los que brindaban la boca de su amante y que ella quería esos besos con la furia de una loca. Llegamos al patio de la Escuela de Kindergarten. Los árboles estaban excesivamente cargados de luces en colores. Ahora no se escuchaba música alguna. La orquesta se estaba tomando un respiro, o, mejor dicho, unos tragos de ron. Las parejas se dispersaban, se escondían tras otros árboles sin luz o entre los macizos de adelfas. Primero los ojos, el esplendor del volumen, de lo abundante sobre lo insuficiente..., soltaste como si no pudieras contener por más tiempo lo que estabas pensando. Hasta pasados unos segundos no caí en la cuenta de que retomabas la conversación sobre la grandeza o pequeñez de los miembros viriles. Existe un verdadero problema, proferiste con tono doctoral teñido de sarcasmo, y es que se trata de algo más que de un simple hecho estético. No todo se resuelve con que consideremos que un gran bate es más..., ¿más qué?, ¿más bonito?, ¿más bello?, ¿más hermoso?, que un batecito de mierda. De eso nada. Supongo que también hay una ley física en esto. ¿Una ley física?, ¿de qué estás hablando? Muy simple, querido, a mayor volumen, mayor presión; y a mayor presión, mayor placer. Masa, volumen, densidad, ¡eureka! ¿Qué ley física es ésa, tú? No lo sé. Aquí habla la voz de la experiencia, niñito, y no me llames «tú» que tengo nombre. Llegamos al otro extremo del patio, y al mencionar la palabra «voz», bajaste el tono de la tuya. Una mujer goza cuando se siente llena, bien llena por dentro, explicaste. El culo de un maricón goza con la dilatación, y perdona la vulgaridad y la rima. Un culo se dilata y al principio duele, claro que duele, y es el único dolor que conduce al placer, ¿o no? No es un dolor que guste, como le puede suceder a un masoquista, es un dolor que deja de serlo porque se transforma en placer, si no, dime, ¿por qué hay tantos maricones en el mundo? Cada día más, niño, ya verás tú cómo estará la cosa en unos años. Además, hay algo llamado masaje prostático, fuente indecible de los placeres pajariles o mariconiles, y tiene que ver con el ajuste que el bate del activo realiza en el guante del pasivo, ¿o no? Las mujeres concentran sus puntos gloriosos en las tetas y los chochos, y si no disfrutan de la penetración cular, o anal, es porque no tienen próstata, mira tú, aunque las hay que disfrutan cuando les cogen el culo, pero es sólo porque tienen la cabeza loquísima o la próstata en la cabeza. En fin, no sé si es ley que se cumple en todos los casos, la verdad, se lo escuché decir a una anciana, que en realidad era un venerable anciano octogenario a quien llamaban, no sé por qué, el Comandante (es probable que lo hubiera sido en alguna lejana y olvidada guerra), y que se paseaba todos los días por los caminos del cementerio de La Lisa en busca de los muchachos en flor o quizá tan sólo del bugarrón perdido *du coté* del cementerio. Aprendí, me dejé impregnar por aquella enseñanza, y luego, por experiencia propia, no me quedó más remedio que darle la razón al Comandante. Un día lo busqué para darle las gracias por la lección tan bien comprobada y aprendida. Anduve por el mundo de los muertos, y lo encontré con el pantalón bajado, doblegado sobre la tumba de los Veteranos y Patriotas, mientras el sepulturero, un hermoso muchacho negro, a su vez apodado —no sé por qué— el Soviet Supremo, le proporcionaba el consabido masaje prostático. El viejo Comandante me miró con la barba temblorosa y una sonrisa dulce y desdentada, tan exquisita que me dieron ganas de llorar. Sólo atiné a levantarle el pulgar, como si yo fuera Nerón y le salvara la vida. Hiciste una pausa. Estábamos entre los falsos laureles que nadie había cortado. Hacia ese lado no había luces. Un camino oscuro se abría y conducía hacia una escalera que bajaba hacia el sótano de la Escuela de Kindergarten. Tampoco había luz al final de la escalera. El camino olía a tierra húmeda y a orines (o a jazmines, que huelen igual). Me tomaste de la mano y me hiciste seguirte. Vamos a comprobar las teorías del Comandante, susurraste en mi oído. Bajamos las escaleras, lentos, no tanto porque tuviéramos miedo a caernos, sino porque queríamos saborear la teoría de Casanova, aunque en este caso no se trataba de subir las escaleras, sino de bajarlas. No íbamos hacia la cima sino hacia la sima. Y nada se veía. Yo no lograba ver ni tus dientes blanquísimos. Cuando llegamos al sótano, soltaste mi mano. Sentí que te alejabas, que me abandonabas a mi suerte. Durante unos segundos no supe qué hacer. Me quedé inmóvil, como la amada, tratando inútilmente de adaptar mis ojos a la oscuridad. Alguien se aproximó. Un cuerpo se pegó al mío. Unas manos tantearon mi cara y luego bajaron hasta mi pecho, me abrieron la camisa, me buscaron las tetillas. Otra persona se detuvo frente a mí. Lo supe porque me tomó por la cintura y unos labios desconocidos humedecieron los míos y una lengua buscó mi lengua. Otro par de manos me desabotonaron el pantalón. Fue agradable sentir que el pantalón se deslizaba muslos abajo. La desnudez, el fresco de la noche, las piernas al aire, todo era raro, agradable. He dicho «raro y agradable», y miento, o quizá me he quedado corto, debería decir «inédito, apasionante». Mucho. La sensación de sentir que varias personas me desnudaban poseía algo de extraordinariamente turbador. También el hecho de saber que no una, sino varias personas me deseaban, aun sin saber quién era yo, sólo porque tocaban mi piel y la sentían tersa, joven, novata. No sé si supe que se trataba de un sobresalto que se repetiría, si acaso, dos o tres veces en la vida, durante el vuelo efímero de ese dulce pájaro que es la juventud. Lo cierto es que la codicia, la lujuria de varias personas dirigidas al cuerpo propio es algo tan enaltecedor que no suscita pensamientos claros y distintos. Satisfacción, sólo eso. No sé cuántas manos me tocaron. Muchas. En cambio y como es natural, entre las bocas que batallaron por mi pinga, sólo una pudo apropiársela. Otra debió conformarse con los cojones. Una tercera, o mejor dicho una lengua, hurgó en mi culo. En mi pinga se reunía toda la sangre de mi cuerpo. No sólo en la pinga, claro, sino en el tramo indescifrable que va del culo a los cojones, el periné, como supe después que se llamaba, que latía como nunca antes en el calor y la humedad de la boca de la desconocida o el desconocido. En aquel instante supe cuánta razón tenía en haber considerado el arte de mamar algo más que acariciar con la lengua y con la boca, puesto que es también chupar y afanarse, desesperar y desesperarse. Tiene que ser algo rotundo, como si la vida nos fuera en ello. Y es que la vida (y nunca mejor dicho) nos va en ello. Sentí como si me suspendieran en el aire, lo más semejante a la levitación. Quizá la verdadera levitación. Algo que se originaba en el centro de mi cuerpo se fue desplazando deliciosamente para salir, aunque en rigor no salió, sino que pasó de un cuerpo a otro. Los primeros lechazos golpearon la garganta del desconocido, quizá de la desconocida. Aquel ser humano al que supuse arrodillado ante mí se estremeció al mismo tiempo que yo, y tragó mi leche como si fuera un néctar, una bendición (jugo de marañón, pensé). Y no permitió que mi pinga saliera de su boca hasta que se convirtió en el rabo dormido de un sorbido muchacho de quince años. Me acomodé el pantalón, me lo ajusté. Aparté las manos que se negaban a dejarme marchar. Tuve incluso que ser hosco.

Quita, coño, grité. Subí las escaleras. Me perdí bajo los falsos laureles. Miré el cielo estrellado, lo que me pareció una lluvia de estrellas en medio de los árboles y que no era lluvia de estrellas sino cocuyos; cinco, seis, diez cocuyos con su planeo brillante en la oscuridad. Hoy es Viernes Santo, noche de Viernes Santo, me dije. Estaba de nuevo en el patio de la Escuela de Kindergarten. La orquesta regresó, sacó ritmo a los bongoes y melodía estridente a la corneta china. Los cantantes entonaron: Como el arrullo de palmas en la llanura, como el trinar del sinsonte en la espesura... Las parejas bailaron con suavidad, cuerpos unidos y cuerpos unidos, entre árboles y destellos de todos los colores.

Tus ruegos han sido escuchados.
Serás el jardinero de mi jardín.

Rabindranath Tagore, «El jardinero»

Un relámpago, un trueno, y quedó atrás la fiesta del Viernes Santo, con sus lucecitas, su música, las parejas como sombras chinescas. Anduve por calles sucias, las que desde el Hospital Militar bajaban hacia el río, con olores a paredes manchadas, a mantecas rancias y a lluvia próxima. No se oía el retumbo de tambores, bongoes y timbales, ni siquiera la estridencia de la corneta china. A veces, un trueno, y un golpe de viento se llevaba las hojas de los árboles y de periódicos viejos. Por ese lado, Marianao se extendía en medio de una oscuridad y una tranquilidad inusuales. En muchos portales, las parejas no parecían parejas, de tan acopladas. En el parque de Buen Retiro había siluetas negras que semejaban estatuas. Me dije que había momentos del amor, o mejor dicho, de la lujuria, en que los cuerpos tendían a la inmovilidad, como en ese quieto intervalo de concentración que precede a la lluvia y al despliegue definitivo de fuerzas. Me pareció escuchar un jadeo y creí entrever el vuelo de algún pájaro nocturno. ¿O sería mi propio jadeo, mi propio vuelo de pájaro nocturno? Subí la cuesta hacia la textilera. Luego, las calles bajaron, comenzaron a perder casas y se volvieron matorrales largos y densos. Alguien me llamó. Un viejo orinaba, o lo fingía, en una esquina sin luz. Me hizo un gesto. Le grité que, si se había perdido, había un asilo en General Lee y otro en el Obelisco, dos asilos de ancianos a falta de uno, muy próximos el uno del otro. Media cuadra más abajo vi un billar abierto; había poca gente en torno a las mesas verdes. A pesar de que no se escuchaba música alguna, la victrola tenía sus neones encendidos. Un hombre abrazaba a una mujer con el pretexto de enseñarle a golpear las bolas con el taco. Entonces no lo supe: estaba descubriendo un tópico de lo que sería años después el cine porno. Simplemente me gustó ver cómo el hombre se pegaba a ella por detrás y con su mano conducía la mano de la mujer. El taco, las bolas, los agujeros por donde las bolas debían desaparecer... ¿Todo en la vida tenía que ver con eso? ¿Era ésa la *causa efficiens* del mundo? Las calles se estrecharon aún más y de pronto perdieron cualquier vestigio de asfalto, desaparecieron los matorrales, que se retiraron convertidos en tramos escurridos, como zanjas de ceniza y piedra, caminos hacia el río. Como la vez anterior, no vi a nadie, aunque era difícil saberlo. No había postes en las esquinas, tampoco faroles, el pasaje estaba oscuro, negro, como abandonado. Supuse que quizá todo el mundo había ido a la procesión de la calle Medrano, mejor dicho, a la fiesta del Cristo de Limpias, ya que la procesión sólo duraba veinte minutos. A trechos, se dispersaba la luz de algún quinqué por las ventanas abiertas de par en par. Ni el menor sonido, ni el menor testimonio de vida salía de ellas. El amplio silencio se prolongaba de casucha en casucha, como otra penumbra, entre maderas rotas por el exceso de sol, de tiempo y la injusticia de los ciclones. El tufo a raíces, a yerbas, a agua sucia, a miasmas, me confirmó que iba por buen camino. Un par de cangrejos huyeron en diagonal desde la maleza. El río ya estaba cerca. Escuché el relincho de un caballo. Un gato asustado también huyó, veloz. La última casita, la del jardinero, estaba abierta, así que no tuve que empujar la puerta. Ni siquiera me detuve a pensar; nada tenía ya que pensar. Sólo un taburete trababa la puerta para que el viento, o la esperanza del viento, no la golpeara contra el marco. Me quité los zapatos, los lancé lejos. Entré. El calor allí era más intenso que en la calle. Supuse que el techo de maderas de adobe y tejas desprendía el fastidio de todo un día de sol. También había ese calor previo a la lluvia, que iba rebotando en el piso de cemento sin pulir. La salita olía a maderas quemadas, a café, a agua sucia, a fango, a sudor y ajetreo. Casi no había muebles, una mesa, dos sillas, un reverbero, un quinqué. Abrí con sigilo la cortina de cuentas que separaba aquel espacio del otro cuarto. Vi la cama con el colchón sin sábanas sobre la que descansaban dos cuerpos: una mujer a la que yo nunca había visto, de lado, le daba la espalda a Tito Jamaica. Porque era él, sin lugar a dudas. Lo supe no sólo por las formas que tan bien conocía, por el olor del sudor, que se imponía a los demás olores, sino además por aquella condición doble que tenía, el hecho de ser un hombre y su reflejo. Estaba dormido: respiraba a un ritmo fuerte y regular. Por la ventana abierta entraba la luz amarilla, entrecortada de los relámpagos. Me acerqué. Mis ojos se adaptaron a la oscuridad. Los contemplé en esa solemne indefensión de los dormidos. Ella, con las manos bajo la mejilla, el pelo revuelto. Él, boca arriba, una mano descansando en su frente, la otra sobre el pecho; manos de jardinero, que, como se sabe, no son las de cualquier hombre. Ella estaba desnuda; él llevaba puesto un calzoncillo de tela blanca que brillaba en la oscuridad. Me desvestí muy lentamente. Me acosté con sumo cuidado junto a Tito Jamaica, en el lado contrario a la mujer. Él se movió ligeramente, y bajó hasta el muslo la mano que tenía sobre el pecho. La mujer también se acomodó, dijo algo ininteligible, en sueños. Me dejé invadir por el olor del sudor del hombre que dormía a mi lado. El sudor de un hombre limpio que regresa de un paseo por el monte durante el amanecer. *Oh, yes, give me a little rain too, meh friend...* Una de mis manos, la de Victoria, rozó su muslo; la otra, la de Fernando, acarició mis pendejos, escasos y rubios. Cuando rompió el aguacero, tuve el susto y la certeza de que, a partir